Margrid Hruška

Der rote Punkt

AF198588

Margrid Hruska, 1932 in Essen geboren, heiratete sofort nach dem Abitur, bekam drei Kinder und begann ihr Studium mit 36 Jahren. Sie arbeitete als Lehrerin in den Fächern Deutsch und Geschichte. Heute lebt sie in Hannoversch Münden in Südniedersachsen.

Margrid Hruška

Der rote Punkt

Bibliografische Information der Deutschen Nationalbibliothek
Die Deutsche Nationalbibliothek verzeichnet
diese Publikation in der Deutschen Nationalbib-
liografie; detaillierte bibliografische Daten sind im
Internet über dnb.d-nb.de abrufbar.

ISBN 9783751904155

Herstellung und Verlag:
BoD- Books on Demand, Norderstedt

1. Auflage

Gestaltung
Anna Hruska, Clara Hruska

Inhaltsverzeichnis

0. Statt eines Vorwortes

Dieses Buch erzählt die Geschichte eines wahren Verbrechens, das in Wirklichkeit so stattgefunden hat.

Jeder, der Kriminalromane liest oder entsprechende Filme sieht, weiß, wovon die Rede ist. Der Leser oder Zuschauer begibt sich gemeinsam mit den Kommissaren immer wieder neu auf Verbrecherjagd. Nachdem er die Umstände des Verbrechens mit Bild oder Text zur Kenntnis genommen hat, sitzt er mit ihnen am Tisch und überlegt, was zu tun ist, sucht Indizien, befragt mögliche Zeugen und nimmt an ihren Fahndungen teil. Fast sind die Fahnder schon zu Kollegen geworden. Deshalb entwickelt er fleißig mit ihnen Theorien über die Beweggründe und Möglichkeiten der Tatausübung und muss sie mit ihnen unter Umständen wieder verwerfen. Er ist mit den Fahndern unterwegs und begibt sich mit ihnen gemeinsam in Gefahr. Manchmal sogar ist der Leser oder Zuschauer den Kommissaren auch voraus und weiß bereits vor ihnen, wer der Verbrecher ist. Und wenn der Moment der Festnahme kommt, hat er gemeinsam mit ihnen das Erlebnis des Erfolgs, und erleichtert wird der fiktive Verbrecher der Justiz und damit seiner gerechten Strafe übergeben.

Von den Betroffenen und Gefährdeten aber hört der Leser oder Zuschauer meist sehr wenig. Gelegentlich begleitet er einen Kommissar, um dem Angehörigen die traurige Nachricht des Todes des Ermordeten zu überbringen. Kurz erlebt er dessen Traurigkeit. Oder er verordnet mit dem Kommissar den Zeugenschutz für einen Beteiligten. Aber über dessen Ängste wird wenig berichtet. Bei Erpressungen erfährt er kaum etwas über die Aufregung und die Sorgen der Erpressten und ihrer Angehörigen. Wie verbringen sie ihre Tage, bevor der Verbrecher endlich dingfest gemacht ist? Wie weit müssen sie sich in ihrer Bewegungsfreiheit einschränken? Was empfinden sie, wenn sie Menschen in ihrem vertrauten Umkreis misstrauen müssen und sich fragen: ‚Hat der oder die vielleicht etwas damit zu tun? Hat der oder die nicht neulich so eine merkwürdige Bemerkung gemacht? Warum hat er an dem Treffen vor einer Woche nicht teilgenommen?' Schäbig kommt er sich vor, wenn er seine besten Freunde plötzlich misstrauisch verdächtigt. Auf der Straße sieht er sich um und denkt: ‚Verfolgt mich vielleicht dieser merkwürdig aussehende Mensch, der schon eine Weile hinter mir her geht?' Oder: ‚Dieses Auto hat noch nie vor unserer Tür gestanden. Werde ich beobachtet?' Oder während der Fahrt: ‚Dieses Auto hat mich schon zweimal überholt. Will er mich in den Graben drängen?' Wenn er ein besonders stabiler Mensch ist, kann er vielleicht nachts stundenweise schlafen, aber das auch nur, wenn alle Türen und Fenster fest verschlossen sind und niemand ihn beobachten kann.

Dieser Kriminalroman berichtet von einem Gefährdeten und seiner Familie. Seine Situation wird dargestellt, seine Ängste und Sorgen beschrieben. Und so nimmt dann auch der Leser aus der Situation eines Erpressten, der mit Mord bedroht wird, am spannenden und beängstigenden Geschehen teil. Er bangt und hofft mit ihm und empfindet die Angst bei ständiger Gefährdung. Jederzeit könnte etwas Schreckliches geschehen. Er sorgt sich um seine Sicherheit. Staunend nimmt er die Arbeit der Polizei zur Kenntnis.

Der Leser weiß nichts von den Besprechungen, die ohne ihn in irgendwelchen Arbeitsgruppen der Polizei stattfinden. Von der Fahndung erlebt er nur das mit, was sich vor den Augen des Erpressten abspielt, oder was ihm von der Polizei zur Kenntnis gegeben wird. Da er ihre Besprechungen nicht kennt, erfährt er auch nicht von allen Fakten und kann nur wenige Vermutungen über den Täter und seine Motive anstellen. Der Leser kann vermuten, so würde es sich auch bei mir anfühlen, wenn ich je in eine solche Situation geriete. Er kann sich mit dem Betroffenen aufregen und ängstigen und kann darüber nachdenken, was er zur Aufklärung aus seiner Sicht beitragen könnte, aber er kann nicht mit den Fakten der Fahnder arbeiten, wie er das gewohnt ist, wenn er einen Kriminalroman liest.

Aber er kann sich in einen Betroffenen hinein versetzen, und am Ende froh und erleichtert sein, dass die Gefahr vorüber gegangen ist.

1. Weilers kommen zu Besuch

„Da seid ihr ja endlich!"

Britta hatte schon am Fenster gesehen, dass sie ange-kommen waren und Niklas das Auto wie üblich unter dem Dach des Carports geparkt hatte.

„Warum kommt ihr denn so spät?"

„Auf der Autobahn war ja wieder kein Durchkommen. Ihr wisst doch, die neue Baustelle und dann war noch ein Laster bei Soest liegen geblieben."

„Na ja, jetzt seid ihr ja erst einmal da. Es ist gut, dass nichts passiert ist, Wir hatten uns schon Sorgen gemacht."

Katja stellte ihre Tasche auf die Truhe in der Diele und ließ erleichtert den Beutel mit dem Bettzeug fallen. Katja wollte nicht, dass Britta sich die Arbeit mit der Bettwäsche machte. Deshalb hatte sie sich angewöhnt, bei den länger dauernden Besuchen gleich ihre Decken und Kissen mit-zubringen.

„Die Bettwäsche wäscht die Maschine. Die braucht man ja nur in die Trommel zu legen", hatte Niklas dazu bemerkt.

„Da merkt man mal wieder so richtig, dass du keine Ah-nung hast", meinte Britta etwas schnippisch. Sie hatte im-mer wieder Probleme mit der häufig etwas plumpen Art von Niklas. „Wäsche auf die Leine hängen, abnehmen, bügeln, wegräumen, schon mal was davon gehört?", fügte sie lachend hinzu, um keine Missstimmung aufkommen zu lassen.

Thomas, ihr fünfzehnjähriger Sohn, hatte seinen Ruck-sack auf die Bank vor der Haustür gelegt und war sofort in der Küche verschwunden. Ihn interessierte, was es heute Mittag zu essen gab. Er wusste, bei Tante Britta gab es im-mer reichlich leckere Sachen auf den Teller. Offensichtlich war er mit seiner Besichtigung zufrieden und steuerte gleich auf den Esstisch zu. Das würde eine kleine Entschädigung sein. Er hatte keine Lust gehabt, mit seinen Eltern mitzufahren. Zu Hause war er bereits mit seinen Freunden verabredet gewesen und hatte fest vor, nicht lange zu bleiben.

„Ihr habt sicher Hunger. Das Essen ist fertig und die Weinflasche ist geöffnet", mischte sich jetzt Fritz ein.

„Das Gepäck lassen wir erst einmal hier im Flur stehen. Ihr könnt euch später noch im Gästezimmer einrichten", Britta sah irritiert auf die Gepäckstücke, die sich inzwischen in der Diele gehäuft hatten. „Wie lange wollt ihr denn hier bleiben, sechs Wochen?" „Das brauchen wir alles, eine Sporttasche zum Laufen im Wald, Arbeitszeug, Schlafzeug, und so weiter, da kommt was zusammen".

„Es gibt Rotkohl und Klöße. Die mag Katja doch so gern." „Eine deftige Linsensuppe mit Würstchen wäre mir lieber gewesen", maulte Niklas. „Das habe ich gehört! Aber keine Angst, morgen bist du dran."

Britta ging in die Küche und die anderen folgten ihr. Sie füllte die Schüsseln, die Katja aus dem Schrank geholt hatte, Fritz nahm den Wein aus dem Kühlschrank, und die Weilers trugen alles auf den Tisch ins Esszimmer.

Die beiden Schwestern besuchten sich häufig gegenseitig mit ihren Ehemännern, und alle fühlten sich jeweils auch in den anderen Haushalten zu Hause. Niklas holte Bier aus dem Kühlraum, weil er wusste, dass Katja lieber Bier als Wein zum Essen trank. Am Tisch hatten alle ihre festen Plätze. Man wünschte sich gegenseitig guten Appetit. Die Klöße, das Ragout, das Fritz aus dem Fleisch des vor zwei Wochen von ihm geschossenen Rehbocks gekocht hatte und der Rotkohl, von dem Katjas und Brittas Mutter immer gesagt hatte, dass man dann erst richtig kochen könne, wenn er richtig gelingt, wurden gelobt.

Katja berichtete von ihrem neuen Haus, das sie erst vor kurzem bezogen hatten und in dem sie sich sehr wohl fühlten. Britta hatte etwas bedauert, dass das Elternhaus dafür verkauft worden war. Fritz erzählte ausführlich von der letzten Jagd, Britta vom letzten Besuch der Kinder und von ihren Tätigkeiten in ‚ihrem' Kulturverein, Niklas von seinen fleißigen Übungen für das Sportabzeichen und von den Plänen, die er mit seiner Werkstatt vorhatte. Britta drückte ihrer Schwester die Hand: „Ich freue mich, dass ihr für eine ganze Woche hier bleiben wollt."

Nachmittags saßen sie zum Kaffee auf der Terrasse. Für Oktober war es dort bei Sonnenschein in der windgeschützten Nische noch angenehm warm.

„Immer wenn wir bei euch gewesen sind, komme ich mit einem Kilo mehr auf den Hüften wieder nach Hause", seufzte Katja und schaufelte sich einen weiteren Löffel Sahne auf ihre Kirschtorte. „Schön habt ihr es hier, mit den Palmen fühlt man sich wie im Urlaub in Sizilien."

Britta stellte im Sommer ihre mannshohen Yuccapalmen auf die Terrasse, die sie dann aber jedes Mal für die Überwinterung zurückschneiden musste, weil sie für das Haus wieder zu groß geworden waren. Ihnen schien das Klima in Norddeutschland tatsächlich so gut zu bekommen wie in Sizilien.

„Nun erzählt mal, was ihr mit uns vorhabt". Niklas hatte gerade seinen letzten Rest Kuchen in den Mund geschoben. „Schließlich haben wir ja noch eine Aufgabe zu erledigen, wie ihr uns am Telefon angekündigt habt."

„Für die Aufgabe haben wir uns extra eine Kettensäge gekauft". Fritz zeigte auf die beiden Obstbäume, die am Rande des Gartens standen.

„Ich finde die Kettensäge zu gefährlich", warf Britta mit strenger Miene ein. „Wir haben keine Übung mit solchem

Werkzeug. Wenn es nach mir ginge, hättest du die nicht gekauft."

„Also dahinten die beiden Obstbäume sollen weg?", fragte Katja.

„Ja, ein Pflaumen- und ein Kirschbaum. Der Kirschbaum hat noch nie Früchte getragen und der Pflaumenbaum wirft nur faule oder unreife Pflaumen ab."

„Und was dazu kommt, sie fallen zum Teil auch noch auf das Grundstück des Nachbarn, und wir wollen keine Beschwerde riskieren", fügte Britta hinzu.

„Das kann ja nicht so schwer werden. Der eine Baum ist mickerig und der andere auch nicht allzu groß gewachsen", meinte Katja. „Stell dir das nicht so einfach vor!" Niklas war in allem, was er tat, sehr vorsichtig

Am nächsten Morgen wurden die Bäume aus der Nähe begutachtet.

„Ich schneide den Hauptstamm mit meiner Kettensäge gleich über der Erde ab. Dann werden die dicken Äste abgetrennt". Fritz übernahm die Organisation. „Für die dünnen Äste und Zweige reicht eine Baumschere. Das können die Frauen machen. Und Niklas schleift die Äste weg, damit wir hier Platz haben."

„Die dicken Äste können doch in handliche Stücke für den Kamin zersägt werden. Dann stapeln wir sie gleich", schlug Katja vor.

„Prima, ich habe nicht gewagt, das vorzuschlagen. Ihr sollt nicht zu viel belastet werden". Fritz fuchtelte schon voller Tatendrang mit der Kettensäge herum und schien froh, dass dieser Vorschlag gekommen war. „Wir können ja sehen, wie weit wir kommen."

„Ok, an die Arbeit!"

Die Arbeit ging gut voran. Die Frauen bündelten die dünnen Äste, die sie abgeschnitten hatten, und Niklas brachte sie an den Rand der Straße, wo sie in einigen Tagen von der Grünabfuhr der Stadt abgeholt werden sollten. Ein ansehnlicher Haufen von Kaminholz war unter dem Dach des Carports gestapelt und nachmittags blickten alle erschöpft aber stolz auf ihre geleistete Arbeit.

„Das wird wohl Muskelkater geben."

„Doch nicht bei dir Niklas, du bist doch sportlich durchtrainiert." War da etwas Häme bei Fritz zu hören? „Wir werden sehen."

Thomas hatte schon seinen Rucksack gepackt. Er hatte fleißig den ganzen Tag mitgearbeitet und dann von seinen Eltern die Erlaubnis erhalten, noch am gleichen Abend mit dem Zug zurück nach Hause zu fahren. Niklas fuhr ihn zum Bahnhof. Offensichtlich war seinen Eltern diese Lösung wohl lieber, als sich während der nächsten Tage ständig sein Genöhle anzuhören. „Kinder in diesem Alter sind eben nicht ganz einfach", meinte Britta nur.

Dann ging jeder seiner eigenen Beschäftigung nach. Die Frauen verschwanden unter der Dusche, Fritz zog sich in sein Zimmer zurück, um die tägliche Post anzusehen, und Niklas saß auf der Terrasse und las in der Tageszeitung. Alle waren zufrieden mit ihrer geleisteten Arbeit und genossen die Ruhe des Feierabends.

„Du sagst ja gar nichts", meinte Britta als alle beim Abendessen zusammen saßen. Ihr war gleich aufgefallen, dass Fritz still und in sich gekehrt offensichtlich seinen eigenen Gedanken nachhing.

„Nein, es ist gut, ich bin bloß ein wenig müde."

„So leicht bist du doch sonst nicht unterzukriegen." Katja schob ihm den Wurstteller über den Tisch. „Iss tüchtig, das hilft doch immer bei dir."

Fritz gab sich Mühe, an der allgemeinen Unterhaltung interessiert zu scheinen, aber Britta merkte, dass ihn irgendetwas störte oder beunruhigte.

Für den Abend war eine gemütliche Skatrunde angesagt. Die Karten lagen auf dem Tisch, jeder hielt Kleingeld bereit, Wein und Bier waren gekühlt. Bevor sich alle endgültig an ihre Plätze begaben, verschwand Fritz noch einmal in seinem Zimmer.

„Britta kannst du mal eben kommen?"

„Wir haben doch alles zusammen, wir können sofort anfangen. Du gibst die erste Runde", rief Britta ungeduldig aus dem Wohnzimmer zurück, ging aber doch zu ihm.

Fritz saß am Schreibtisch und zeigte auf ein mit Maschine beschriebenes Blatt, das vor ihm lag.

„Ist heute mit der Post gekommen. Zuerst wollte ich es für mich behalten, aber ich meine, du solltest das doch sehen." Britta begann zu lesen.

„Ich habe den Auftrag zu Ihrer Ausschaltung. Ich werde den Auftrag zurückstellen, wenn Sie 200.000 Mark bezahlen. Natürlich keine Polizei! Zeigen Sie Ihre Zahlungswilligkeit durch einen großen roten Punkt bis zum 20. Oktober auf dem Glascontainer in Ihrer Straße an!"

„Das ist ein Scherz. So etwas gibt es nur im Krimi im Fernsehen". Britta stützte sich auf seine Schultern. Ihr war etwas wackelig in den Knien geworden. Sie merkte, wie der Schreck und die Angst langsam in ihr hoch krochen. „Was machen wir denn jetzt?"

2. Überlegungen

Fritz war viele Jahre Abgeordneter im Niedersächsischen Landtag gewesen. Vor zwei Jahren hatte er nicht mehr zur Wahl kandidiert, weil er der Meinung war, es müssten mal Jüngere ran. Das hieß aber nicht, dass er jetzt nichts mehr zu tun hatte. Er arbeitete noch in zahllosen Ausschüssen, Kommissionen und Vorständen der Partei, außerdem war er Präsident einer Bildungsstiftung seiner Partei.

Er war jetzt öfter zu Hause als früher, aber nicht so oft, wie Britta es sich gewünscht hätte. In der Öffentlichkeit war er immer noch ein sehr bekannter Mann, der immer freimütig vor der Presse seine Meinung zu politischen Themen äußerte, und zwar seine ganz persönliche Meinung, und die war manchmal provozierend. So äußerte er sich zum Beispiel positiv zur Erhaltung der Kernkraftwerke, setzte sich aber vehement für die Reduzierung der Kohle- und Gasförderung ein, weil sie ihm gefährlich umweltschädlich erschien. Mit dieser Meinung machte er sich einige zum Feinde. Aber insgesamt galt er als fairer Politiker, der zuhören konnte, fleißig arbeitete, Probleme beim Namen nannte und keine Versprechungen machte, wenn er sie nicht einhalten konnte. Er war beliebt und geachtet. Seit seiner Wahl in den Stadtrat war er in seiner Heimatstadt noch mehr in der Öffentlichkeit präsent als früher.

„In Hannover haben uns die Sicherheitsleute immer wieder gesagt, dass wir alle Arten von Drohungen ernst nehmen sollten." So ernst und beunruhigt hatte Britta ihren Mann selten erlebt.

„In den letzten Jahrzehnten sind einige Personen aus Politik und Öffentlichkeit erpresst und ermordet worden", fügte er noch hinzu, „auch Mitglieder meiner Partei, die sich vorwiegend für die unbegrenzte Entwicklung der kapitalistischen Marktwirtschaft eingesetzt haben".

Zu diesem Flügel gehörte er nicht, eher rechnete er sich zu dem Umweltflügel, der sich um die Natur und die Erderwärmung Sorgen machte. Außerdem bestand er immer noch auf den Thesen aus dem Manifest, das er zu Studentenzeiten mit seinem Freund Willi gemeinsam verfasst hatte und das den freiheitlichen Liberalismus für alle Menschen zum Inhalt hatte.

„Es gibt genug Gründe, besorgt zu sein", meinte er bedrückt.

„Und was heißt das jetzt?", fragte Britta leise.

Sie hatte die entsprechenden Nachrichten von Bedrohungen und Morden an Politikern in Zeitungen und im Fernsehen natürlich auch gesehen, sich aber bisher keine Sorgen gemacht, denn sie hatte geglaubt, dass ihr Mann nicht zu dieser gefährdeten Zielgruppe gehörte. Das waren für sie irgendwelche sehr wichtigen Leute, die von bestimmten linken oder rechten Gruppierungen für Entwicklungen in der Wirtschaft und in der Politik verantwortlich gemacht wurden, wenn diese nicht deren Vorstellungen entsprach.

„Zuerst müssen wir überlegen, ob wir tatsächlich die Polizei raushalten wollen.

Ich fürchte, das hat noch niemandem endgültig genutzt. Das heißt, ich möchte so bald wie möglich die Polizei um Hilfe bitten." Er wirkte jetzt ruhiger und schien wieder zu seiner alten Entschlossenheit zurückgefunden zu haben.

„Meinst du das wirklich? Im Krimi kriegen die Verbrecher das doch immer raus." Britta schien nicht ganz überzeugt zu sein.

„Aber alleine schaffen wir das nicht!" Offensichtlich hatte Fritz sich schon entschlossen. „Wir müssen es nur vorsichtig angehen und gut überlegen. Eigentlich ist das tatsächlich der einzige Weg. Was sollten wir sonst machen? Und das Geld haben wir ohnehin nicht."

Britta hatte sich nach einer kurzen Pause überzeugen lassen.

„Das nächste Problem sind Katja und Niklas." Fritz horchte zum Wohnzimmer hinüber. Die beiden schienen sich gerade über die Platten zu unterhalten, mit denen sie ihre neue Terrasse belegen wollten. Sie hatten noch nichts von dem Problem mitgekriegt, das im Arbeitszimmer diskutiert wurde. Wie würden sie reagieren? Es war wohl nicht zu vermeiden, dass sie irgendetwas merken würden.

Britta machte sich Sorgen: „Wie wird Niklas reagieren. Er ist ängstlich und kann vielleicht zum Risiko werden. Auf ihn war jedenfalls kein Verlass. „Sollen wir sie nach Hause schicken?", fragte Britta.

„Damit warten wir. Wir hören uns an, was die Polizei uns vorschlägt. Es könnte sein, dass eine plötzliche Abreise der beiden auffällt."

„Also was dann?"

„Wir kommen wohl nicht umhin, sie einzuweihen. Und dann können wir immer noch gemeinsam überlegen, wie es weitergeht, und wie sie sich verhalten sollen."

Fritz stand auf, nahm Brittas Hand und drückte sie, als wollte er sagen, es wird schon alles gut werden. Vielleicht wollte er sich selbst auch Mut machen. Schließlich hatten sie in ihrem Leben schon eine Menge schwierige Situationen gemeinsam bewältigt.

Im Wohnzimmer wurden sie mit „Na endlich!" begrüßt. „Ihr habt wohl Angst, beim Skat zu verlieren!" hänselte Katja.

Tatsächlich war sie es meistens, die gewann. Sie war bei ihrem Vater, der beim Skat keine Nachsicht kannte und heftig werden konnte, wenn man seinem Skatpartner eine falsche Karte auf den Tisch legte, durch eine harte Schule gegangen, Verdutzt sah sie Fritz an, der den Kartenstapel zur Seite schob und keine Anstalten machte, das Spiel zu beginnen.

„Was ist denn jetzt los, habt ihr es euch anders überlegt?" Fritz füllte die Weingläser, und es war nicht zu übersehen, dass seine Hand etwas zitterte.

„Wir müssen mit euch reden", sagte er ernst. Er legte den Brief des Erpressers auf den Tisch und las ihn vor.

„Ist das jetzt ein Spiel? Macht ihr euch über uns lustig?" Niklas wirkte schon etwas beunruhigt.

„Das ist kein Spiel, wir machen uns auch nicht über euch lustig. Dieser Brief ist heute mit der Post gekommen."

Es folgte eine lange Pause. Keiner sagte etwas. Den Skatpartnern hatte es wohl die Sprache verschlagen, und Britta und Fritz warteten auf ihre Reaktion. Katja war die erste, die sich wieder zu Wort meldete. „Ihr nehmt den Brief ernst, wie ich an eurem Verhalten sehe?" Niklas war sichtlich auf seinem Stuhl zusammen gesunken, er war bleich im Gesicht, sagte aber nichts.

„Es bleibt uns nichts anderes übrig, in der letzten Zeit ist zu viel Ähnliches passiert." Fritz schien ruhig und gelassen. „Leider seid ihr jetzt mit in diese unangenehme Situation geraten. Deshalb müssen wir gemeinsam überlegen, was wir, und was ihr tun wollt."

Katja war ihre Aufregung immer mehr anzusehen. Sie nippte an ihrem Bierglas, verschüttete ein wenig Bier und wischte mit ihrem Papiertaschentuch über die nasse Stelle.

Britta hielt ihre Hand fest: „Du kannst aufhören. Es ist alles wieder trocken." Wieder war es eine kurze Zeit ganz still.

Plötzlich sagte Niklas lauter als es nötig gewesen wäre: „Wir fahren sofort nach Hause." Zustimmung erwartend sah er zu Katja hinüber. „Das kannst du nicht im Ernst meinen, die beiden brauchen jetzt unseren Beistand." „Wie sollen wir ihnen denn schon helfen?", Niklas war aufgesprungen und umklammerte mit beiden Händen seine Stuhllehne, als wolle er die Lehne zerbrechen. Sein Atem ging schnell. „Wenn du unbedingt nach Hause fahren willst, dann geh zum Auto und fahre los! Jetzt! Ich bleibe hier", sagte Katja mit fester Stimme. Das Verhalten ihres Mannes war ihr ärgerlich und auch peinlich.

Fritz versuchte, die Situation zu entschärfen: „Vielleicht solltet ihr eine Nacht darüber schlafen. Jetzt könnt ihr ohnehin nicht fahren. Es ist schon sehr spät. Morgen könnt ihr euch immer noch entscheiden. Heute Nacht wird schon nichts mehr passieren!"

Nach der ersten Panik saßen alle immer noch nervös, aber etwas entspannter am Tisch. Die Farbe war wieder in die Gesichter zurückgekehrt. Noch einmal kam Aufregung auf, als Fritz darauf zu sprechen kam, dass der Termin für den roten Punkt bereits verstrichen war. Er war für einige Tage in Berlin zum Bundesjägertag gewesen, und deshalb hatte er den Brief erst nach seiner Rückkehr lesen können.

Niklas schluckte, holte tief Luft, sagte aber nichts dazu. Bis dahin war ihm das Datum noch nicht aufgefallen. Man war sich einig, dass man jetzt erst einmal abwarten musste. An Skatspiel war nicht mehr zu denken.

Im weiteren Verlauf des Abends beriet man, was als Nächstes zu tun sei. Alle waren sich einig, dass man die Polizei zu Hilfe holen sollte. Fritz holte das Telefon, suchte die Nummer des nächsten Reviers im örtlichen Telefonbuch und wählte. Erst nach langer Zeit, in der alle gespannt gewartet hatten, meldete sich eine männliche Stimme. In knappen Worten schilderte Fritz die Situation. Erst nach einer Pause antwortete der Mann: „Heute ist Sonntag. Der

Ermittlungsdienst ist nicht mehr da. Sollte ich noch jemanden erreichen, kommt er zu ihnen!"

Fritz legte verblüfft den Hörer auf die Station. „Meine Schilderung hat ihn wohl nicht überzeugt." Auch Fritz schien jetzt etwas ratlos. „Entweder er hat es nicht richtig verstanden, oder er konnte es nicht ernst nehmen."

„Aber wie kann man das denn nicht ernst nehmen? Es handelt sich doch ganz offensichtlich um eine Erpressung mit einer Mordandrohung. Ist das nicht gefährlich genug?" Britta war empört.

„Jedenfalls können wir heute nichts mehr unternehmen", sagte Fritz bestimmt und unterband damit jeden weiteren Vorschlag, jetzt noch aktiv zu werden.

„Sollen wir denn den roten Punkt wirklich auf den Glascontainer malen?", fragte Britta nach einer Pause, in der alle ihren eigenen Gedanken nachgegangen waren. „Ob die uns dann wohl dabei beobachten würden?"

Weitere Fragen tauchten auf. „Hat es überhaupt Zweck, mit der Bank zu sprechen. Ob die uns das Geld leihen?" Fritz war skeptisch. „Die wissen genau, dass wir noch Schulden auf dem Haus haben."

„Wir können euch dabei auch nicht helfen, Unser Haus ist ebenfalls noch nicht schuldenfrei." Katja hob bedauernd die Schultern.

„Das kommt überhaupt nicht in Frage. Das würden wir auf keinen Fall von euch erwarten." Britta blickte zu Fritz. „Hast du eine Idee?" Fritz schüttelte den Kopf.

„Wir machen uns jetzt aber nicht verrückt, Erst mal sehen, wie es weiter geht. Als erstes müssen wir ihnen erklären, warum der Termin verpasst ist."

„Dafür können wir doch gar nichts. Der Brief kam zu spät bei uns an. Und wie wollen wir denn überhaupt Kontakt mit ihnen aufnehmen?" Britta holte die Weinflasche aus dem Weinkühler und schenkte eine Runde neu ein.

„Ich fürchte, da kommen wir alleine nicht raus. Die örtliche Polizei scheint auch keine große Hilfe zu sein. Aber ich habe eine Idee. Herr Eilers von nebenan ist doch Dozent hier an der Polizeischule. Vielleicht fragen wir den mal, wie wir uns jetzt verhalten sollen. Der muss doch sicher seinen Schülern beibringen, was die Polizei in solchen Fällen machen muss, und was man den Betroffenen rät."

„Die Idee ist gar nicht so schlecht. Aber dann gibt es schon wieder einen Mitwisser mehr."

„Das wird sich nicht vermeiden lassen."

Am Ende waren alle der Meinung, dass Fritz am nächsten Morgen zu Eilers gehen sollte, um mit ihm die heikle Situation durchzusprechen.

„Viel verspreche ich mir allerdings nicht davon. Aber wir können es versuchen."

3. Erste Ratschläge

Als sie am nächsten Morgen gemeinsam am Frühstückstisch saßen, war allen anzusehen, dass ihr Schlaf nicht allzu erholsam gewesen sein konnte. Sie waren noch besorgt, aber die panische Aufgeregtheit war verschwunden. Die Sonne schien von einem blauen Himmel, und eigentlich war es ein Wetter, das nur Gutes verhieß.

„Der Rasen sieht ein wenig zerrupft aus .Wir müssen ihn mit dem Laubbesen noch einmal abfegen"; meinte Fritz nach einem kurzen Blick aus dem Fenster.

„Aber die Bäume sind weg, als hätten dort nie welche gestanden. Der Rasen hat jetzt viel mehr Sonne. Und dafür haben wir euch zu danken", fügte Britta hinzu. Katja winkte ab.

Niklas verkündete, nachdem er einen auffordernden Blick von Katja erhalten hatte, dass er doch nicht nach Hause fahren würde. Britta konnte sich vorstellen, dass Katja an dem Entschluss nicht ganz unbeteiligt war und ihn nachts hatte überzeugen oder vielleicht sogar überreden müssen. Die Brötchen, die Britta auf den Toaster gelegt hatte, blieben zum großen Teil liegen, dafür aber musste sie bald eine zweite Kanne Kaffee kochen.

Als sich um zehn Uhr die örtliche Polizei noch nicht gemeldet hatte, beschloss Fritz, zur nächst höheren Polizeibehörde nach Göttingen zu fahren.

„Wenn du willst, kannst du mitfahren." Niklas sah kurz zu Katja und als die nickte, sagte er, wie es schien, erleichtert zu.

„Ich denke, die sind besser besetzt als die Dienststelle hier. Jedenfalls haben sie sicher auch Erfahrungen mit Mord- und Erpressungsversuchen."

„Wolltest du nicht heute Morgen zuerst mit Herrn Eilers sprechen, von dem du dir einen Tipp versprochen hattest?" erinnerte Britta.

„Ich habe mir gedacht, ich gehe vielleicht heute Mittag rüber, wenn ich auch in Göttingen nicht viel erreichen kann. Davon gehe ich aber nicht aus."

Fritz schien zuversichtlich. Britta sah besorgt aus dem Fenster, ob nicht irgendetwas Verdächtiges zu erkennen war. Aber auf der Straße war wie immer kaum Verkehr und ein Fußgänger war weit und breit nicht zu sehen. Niklas musste sein Auto etwas zur Seite fahren, er hatte das Auto von Fritz zugeparkt. Als die beiden Männer damit beschäftigt waren, ihre Autos so zu rangieren, dass Fritz den kleinen Parkplatz am Haus verlassen konnte, erschien ein Mann mit seinem Hund auf der anderen Seite der Straße. Den beiden Frauen, die noch immer am Fenster standen und die Szene beobachteten, klopften an die Scheibe, um die Männer aufmerksam zu machen. Aber sie stellten dann erleichtert fest, dass der Mann mit seinem Hund beschäftigt war, der heftig an der Leine zog. Er ging vorbei, ohne sich umzuwenden.

Britta und Katja sahen dem Auto nach, bis es im Wald verschwunden war. Dann gingen sie den häuslichen Arbeiten nach. Wenn sie über die Situation nachdachten, ließen sie es sich nicht anmerken. Sie räumten auf, bereiteten das Essen vor und taten, als handelte es sich um einen normalen gemeinsamen Tag in der Besuchswoche, auf die sich beide gefreut hatten. „Ob wir uns wohl auf die Terrasse setzen können, oder ist das zu gefährlich?" fragte Katja, als die Arbeiten erledigt waren. „Was soll denn schon passieren. Wenn wir draußen sitzen, können wir die Straße gut beobachten, und vielleicht sogar irgendetwas entdecken, was nicht ganz normal ist." Britta war guter Dinge. Die Sonne strahlte vom Himmel, als sei nicht Oktober, sondern Hochsommer. Es war noch so warm, dass Britta sogar den Sonnenschirm öffnete, der ihnen kühlen Schatten spendete. Auf der Straße fuhren die Autos in normalem Tempo am Haus vorbei. Einige Fußgänger strebten je nach sportlicher Kondition langsam oder etwas schneller auf dem gegenüberliegenden leicht ansteigenden Gehweg ihren Zielen entgegen und machten nicht den Eindruck, als interessierten sie sich für die auf der Terrasse sitzenden Frauen.

Als die Männer zurückkamen, konnten sie berichten, dass man ihren Bericht sehr ernst genommen und versprochen hatte, Maßnahmen in die Wege zu leiten. Ein tröstliches, aber sicher nicht ein vielversprechendes Ergebnis. Fritz schien etwas verärgert und wurde zunehmend ungeduldiger. Er rief noch einmal in Göttingen an und verlangte den Chef der dortigen Kriminalpolizei. Von ihm bekam er einen Termin für den Nachmittag.

Zusätzlich wollte er aber trotzdem noch Herrn Eilers aufsuchen, denn er hatte den Eindruck gewonnen, dass nur mit Druck etwas zu erreichen war. Fritz vermutete, dass Herr Eilers durch seine Tätigkeit auch Spezialisten kannte, die genauer im Bereich politische Erpressung informiert waren. Vielleicht konnte der zusätzlich durch seine Verbindungen helfen.

Herr Eilers öffnete selbst die Tür. Er blickte erstaunt auf Britta und Fritz, denn die Kontakte zwischen ihnen waren in der Vergangenheit eher zurückhaltend gewesen.

Damals waren sie fast zu gleicher Zeit in ihre Häuser eingezogen. Der Stress des Hausbaus und des Umzugs hatte ihnen wenig Zeit gelassen. Ein einmaliger gegenseitiger Besuch beschränkte sich auf ein höfliches Kennenlernen zu Beginn ihrer Nachbarschaft. Beide Familien waren wenig kontaktfreudig. Jeder hatte mit sich selbst genug zu tun.

„Guten Morgen, Herr Eilers, wir möchten uns einen Rat bei ihnen holen", begann Britta vorsichtig. Erstaunt bat er sie ins Haus.

„Wir sind etwas in Schwierigkeiten", begann Fritz das Gespräch. Herr Eilers lächelte, Britta merkte, dass er erleichtert war. Hatte er vielleicht mit einer Beschwerde gerechnet? „Wir machen uns Sorgen. Wir haben gestern diesen Brief bekommen." Fritz reichte ihm das Schreiben. Eilers las den kurzen Text.

„Das ist ja wirklich etwas, um sich Sorgen zu machen."

„Sie wissen sicher aus der Presse, dass ich Politiker im Landtag war?"

„Ja natürlich, ich habe alles immer mit Interesse verfolgt, und die Meinungen, die Sie dort vertreten haben, geschätzt, obwohl ich, wie Sie ja sicher auch wissen, einer anderen Partei angehöre." „Ja, aber das spielt jetzt keine Rolle. ‚Wenn sie nichts dagegen haben, möchte ich sie als Polizist etwas fragen."

Eilers schien überrascht,

„Wir sind etwas erstaunt über das Verhalten der örtlichen Polizei." Er berichtete von der Auskunft, die er gestern vom Revier bekommen hatte.

„Ich fürchte, mit solchen Delikten sind sie hier etwas überfordert. Und dazu kommt der dauernde Personalmangel", entschuldigte Eilers seine Kollegen. Britta merkte ihm an, dass das Verhalten seiner örtlichen Kollegen ihm peinlich war. „Aber ich werde die Dienststelle aufsuchen und die Sache ansprechen. So etwas geht natürlich nicht."

Fritz berichtete von dem Besuch in Göttingen. Dort erkannte man zumindest den Ernst der Lage, aber er ließ erkennen, dass er auch dort die Auskunft nicht für ausreichend hilfreich hielt. Auch sie hatten nicht sofort etwas unternommen. Oder konnten sie vielleicht nicht?

Eilers dachte einen Augenblick nach. „Sie sollten vielleicht den vorgesetzten Leiter der Kripo anrufen, Herrn Ohneland", schlug er vor. „Ich werde versuchen, ihn zu erreichen und entsprechend vorzubereiten. Mehr kann ich im Augenblick leider nicht für Sie tun."

„Bei Herrn Ohneland habe ich heute Nachmittag einen Termin." Fritz dankte Herrn Eilers und stand auf. „Es wäre mir schon eine Hilfe, wenn Sie Herrn Ohneland vorbereiten", verabschiedete er sich höflich. Auch Britta wollte noch etwas Freundliches sagen: „Grüßen Sie ihre Frau. Ich habe sie lange nicht im Garten gesehen."

„Sie ist bei unserer Tochter in Göttingen, sie studiert dort und ist gerade in eine neue Wohnung gezogen."

Trotz der Aufregung gönnten sie sich nach dem Essen einen kurzen Mittagsschlaf und danach eine starke Tasse Kaffee. Weder die örtliche noch die Göttinger Polizei hatte sich inzwischen gemeldet.

Der zweite Besuch in Göttingen gestaltete sich erfolgreicher. Herr Ohneland war schon von Herrn Eilers unterrichtet und hatte sofort, nachdem er den Sachverhalt zur Kenntnis genommen hatte, das örtliche Landeskriminalamt benachrichtigt.

„Für solche Fälle sind wir nicht zuständig, aber natürlich hätte man den Sachverhalt gleich weitergeben müssen.", meinte er etwas verärgert, wohl über seine eigenen Leute. „Aber das LKA wird sofort alles Nötige in die Wege leiten, das in einem solchen Fall geschehen muss. Sie können ganz beruhigt sein."

„Ich bin froh, wenn etwas geschieht. Ich selbst habe bisher wenig Erfahrung mit solchen Situationen, auch wenn wir von den Sicherheitskräften im Landtag für solche Fälle mit einigen Verhaltensregeln bekannt gemacht wurden." Fritz lächelte erleichtert.

„Zeitnah sucht Sie ein Kollege auf, der Sie während der ganzen Zeit informieren und betreuen wird. Er wird ihnen Empfehlungen mitteilen, wie Sie sich selbst und Ihre Familie verhalten sollten."

Zuversichtlicher als morgens fuhr Fritz wieder nach Hause und konnte auch die anderen beruhigen. Entspannt warteten sie nun auf den persönlichen Berater. Abends setzten sie sich sogar zu einer Skatrunde zusammen, die natürlich Katja gewann.

4. Der Betreuer

Am nächsten Morgen erschienen früh zwei Männer. Einer stellte sich als Kriminalrat Siko, Chef der örtlichen Polizei vor, der andere als Hensel vom Verfassungsschutz. Sie wurden eingeladen, sich mit an den Frühstückstisch zu setzen.

Ich bin ihr Betreuer", sagte Hensel. „Herr Siko will sich ein Bild von dem Haus und dem Garten machen."

„Na endlich passiert etwas", entfuhr es Britta.

„Darf ich mir ihre Wohnung genauer ansehen?", fragte Kriminalrat Siko, nachdem er sich angehört hatte, wer genau Katja und Niklas waren, warum sie nicht gleich nach Hause gefahren waren, als sie von dem Brief erfahren hatten, wie lange sie noch bleiben wollten, ob sie in der Nähe wohnten.

Dann stand er auf und begann einen Rundgang durch das Haus. Besonders interessant fand er offensichtlich den Kühlraum, der kein Fenster nach außen hatte.

„Einen Keller haben sie nicht?" fragte er und schien erleichtert, als Fritz das verneinte. Er versicherte sich, dass das Haus nur einen Eingang hatte und dass der Dachboden nur über eine ausziehbare Treppe zu erreichen war.

Dann machte er einen Rundgang durch den Garten, ließ sich von Fritz den Hundezwinger zeigen und das Gartenhäuschen aufschließen.

Die anderen saßen mit Hensel am Frühstückstisch und warteten auf Fritz. „Ist ihre Frau Frauenbeauftragte der Stadt und heißt Rita?", fragte Britta Hensel, um die Zeit zu überbrücken. Es stellte sich heraus, dass die beiden Frauen sich kannten, weil sie gelegentlich miteinander zu tun hatten, wenn Britta eine Kulturveranstaltung organisierte, an der Rita Hensel beteiligt war.

„In einer Kleinstadt lässt sich wohl nichts verheimlichen. Aber sie erfährt natürlich nichts von meiner Tätigkeit, und Sie sollten auch mit ihr nicht darüber sprechen. Der Personenkreis der Mitwisser sollte möglichst klein gehalten werden", meinte Hensel ernst.

Britta kam auch das Gesicht von Hensel bekannt vor. Vielleicht würde ihr später noch etwas dazu einfallen.

Siko kam noch einmal ins Haus, um sich zu verabschieden. Er versprach Hensel, dass er so schnell wie möglich das Protokoll über die Örtlichkeiten schreiben und ihm zukommen lassen würde.

„Dann wollen wir mal", Hensel griff nach seinem Aktenkoffer, holte einige Blätter Papier heraus und legte sie vor sich auf den Tisch. Katja räumte das Frühstücksgeschirr ab.

„Eigentlich wollten wir uns mit ihnen im Hotel an der Werra treffen. Aber Siko meinte, dass er sich ihr Haus ansehen wolle", begann Hensel. „Ich muss mich erst einmal vorstellen. In solchen Fällen wie dem ihren kommt es sehr darauf an, dass die Betroffenen mitarbeiten. Meine Aufgabe ist es, ihnen gewisse Verhaltensmaßregeln mitzugeben und ihnen bis zur Lösung des Falles als Betreuer beratend zur Seite zu stehen. Das heißt jetzt für Sie, dass Sie sich zu ihrer Sicherheit möglichst genau an diese Regeln halten, die wir gleich noch besprechen werden."

Jetzt fiel Britta ein, wo sie dieses Gesicht schon einmal gesehen hatte. Er hatte zu den Beamten gehört, die damals bei ihren Demonstrationen während ihres Studium in Zivil an der Seite gestanden und sich Notizen gemacht hatten. Hensel war schon damals beim Verfassungsschutz gewesen. Er war bei den Studenten bekannt. Gelegentlich wurden sogar Fotos von ihm herumgereicht. Man erzählte sich, dass er Nächte im Bauwagen zugebracht hatte, um Studenten zu beobachten. Offensichtlich hatte sich der Einsatzbereich von Hensel inzwischen geändert.

„Fangen wir mit dem Telefon an. Ich denke, Sie sind damit einverstanden, dass wir eine Fangschaltung anlegen, und zwar für die ganze Zeit. Sollte sich nämlich der Erpresser telefonisch melden, können wir nachverfolgen, von wo aus er angerufen hat." Britta musste an die Krimis im Fernsehen denken. Eigentlich kannte man so etwas alles, aber wer hätte jemals gedacht, dass es sie selbst betreffen könnte.

„Sie telefonieren ganz normal wie immer. Von der Schaltung merken sie nichts." Nach einer kleinen Pause fuhr er fort: „Ein Polizeiwagen wird öfter als gewöhnlich an ihrem Grundstück vorbeifahren und ihr Haus beobachten. Es ist hilfreich, dass hier auf ihrer Nebenstraße nicht viel Verkehr ist." Die wirkliche Überwachung übernehmen Kollegen in Zivil. Sie werden überhaupt nicht merken, dass wir sie überwachen", setzte er schnell noch hinzu, als er merkte, dass Fritz eine unwillige Handbewegung machte. „Es wird nicht zu vermeiden sein, dass meine Kollegen sich gelegentlich auf dem Grundstück aufhalten und das Haus und den Garten überprüfen", fügte er hinzu. „Es geschieht alles nur zu ihrer Sicherheit."

Britta überlegte, was die Polizisten wohl auf ihrem Grundstück machen. Würden sie zwischen den Büschen sitzen und aufpassen, wer bei ihnen an der Haustür klingelte? Ein etwas lächerliches Bild. Sie konnte sich immer noch nicht von der Vorstellung lösen, dass alles nur ein fiktiver ‚Tatort' aus dem Fernsehen war.

Dann kam Hensel zum nächsten Punkt. „Sie sollten alle Fenstervorhänge überprüfen, ob sie dicht abschließen und keine Einsicht von draußen möglich ist. Da ihre Räume in ihrem einstöckigen Haus bei einsetzender Dunkelheit bequem von außen einsehbar sind, könnte das gefährlich werden."

Britta sah zu den Fenstervorhängen hinüber. ‚Hier wird das ja machbar sein, aber in der Küche gibt es gar keine Vorhänge. Ich werde mir etwas einfallen lassen müssen.'

Nachdem er einen Haken auf einem seiner Papiere gemacht hatte, fuhr er fort: „Wo steht nachts ihr Auto?"

Fritz hatte sich angewöhnt, das Auto einfach unter den Carport zu fahren, wenn er nach Hause kam. Er hatte sich nie vorstellen können, dass das irgendwann einmal ein Risiko werden könnte. In der Garage stand meistens Brittas Auto, weil sie früher nach Hause kam als er.

„Sie sollten es nachts nur noch in der Garage parken. Bevor Sie das nächste Mal damit fahren, werden unsere Ermittler vom Sondereinsatzkommando, wir nennen sie ‚Jungs', es erst einmal gründlich untersuchen. Es könnte ja sein, dass der Erpresser es irgendwie manipuliert hat, etwa weil er überprüfen will, wo sie unterwegs sind. Den schlimmsten Fall will ich jetzt hier gar nicht ausbreiten. Überprüfen Sie also vor jeder Fahrt die Bremsen, Machen Sie eine Bremsprobe. Vielleicht müssen wir es später auch entsprechend vorbereiten, etwa wenn es tatsächlich zur Geldübergabe kommen sollte. Wie sie sehen, gibt es genug Gründe, das Auto in der Garage zu parken. Dort ist es weniger gefährdet. "

Es entstand eine Pause. Jeder hing seinen Gedanken nach. Die Bilder, die wohl bei der letzten Anweisung von Eilers allen durch den Kopf gingen, ließen auch Britta nicht mehr an den ‚Tatort' denken, sondern eine von Angst geprägte Wirklichkeit machte sich breit. Der Ernst, mit dem Eilers die Möglichkeiten vortrug, verstärkten die Beunruhigung immer mehr.

„Wenn ich das richtig verstehe, kann ich meine Termine weiterhin wahrnehmen? Ich habe in einigen Tagen einen sehr wichtigen Termin in Bonn, den ich eigentlich nicht ausfallen lassen möchte." Fritz schien bis jetzt am wenigsten aufgeregt zu sein, obwohl er der eigentlich Betroffene war.

Niklas hatte einige Male laut aufgeseufzt. Britta war etwas blass um die Nase. Katja fasste Brittas Hand und drückte sie.

„Dies sind ja nur Maßnahmen für den Eventualfall, die ich ihnen vorstellen muss. Das muss ja nicht eintreffen." Hensel hatte bemerkt, dass alle bedrückt waren und versuchte, sie zu beruhigen.

Katja stand auf und kochte die nächste Kanne Kaffee. Auch wie im Krimi, dachte Britta, da trinken sie auch ständig Kaffee, allerdings aus dem Automaten. Da bin ich schon froh, dass mein eigener gekocht wird. Hensel griff zu seinem Köfferchen, als wolle er sich versichern, dass es noch an seinem Platz stand. Dann stand er auf und ging zum Fenster. Als er offenbar nichts Verdächtiges sah, ging er zur Tür.

„Ich hole die Post. Der Briefkasten ist unten neben der Treppe?" Als Britta nickte, machte er sich auf den Weg. Mit zwei Briefumschlägen kam er zurück. Es waren Rechnungen.

„Sollten Sie einen Brief ohne Absender erhalten, öffnen Sie ihn nicht, auch nicht einen Brief, der etwas dicker ist."

Jeder in der Runde konnte sich denken, dass er dabei an Sprengstoff dachte, wie sie es vor einigen Monaten von einem Fall gehört hatten, in dem ein Politiker durch eine Explosion ums Leben gekommen war.

Niklas stand auf und ging genervt ins Gästezimmer. Ängstlich zog er die Vorhänge zu, drückte auf den Lichtschalter und setzte sich auf sein Bett. Katja ging ihm nach. Die anderen hörten sie reden und nach einiger Zeit kamen die beiden zurück und setzten sich wieder an den Tisch. Dass Katja das mit ihm aushalten kann, dachte Britta. Obwohl Niklas ein lieber, anständiger Kerl war, hatte Britta Vorbehalte. ‚Augen auf bei der Partnerwahl, dachte sie sarkastisch.' Sofort schämte sie sich für ihre eigenen Gedanken. Aber er ging ihr eben auf die Nerven. Schließlich mussten sie ja alle mit der neuen Situation fertig werden. Da muss man sich etwas zusammenreißen. Mit Zagen und Zögern war es da nicht getan.

Hensel versuchte, die Stimmung zu verbessern und seine Zuhörer abzulenken, indem er auf ein örtliches Problem zu sprechen kam.

„Was halten Sie denn von einem Ableger der Dokumenta in unserer Stadt?", fragte er in die Runde. Zu dieser Frage tobte in der Stadt und in der Presse eine heiße Auseinandersetzung. „Zu teuer, zu abgehoben" sagten die einen. „Kunst in unserer Stadt, das brauchen wir, endlich!", sagten die anderen. Und: „Kassel ist so nah, und es gibt Zuschüsse." „Die Folgekosten", zeterten wieder die Gegner, „die Kunstwerke sind von bleibendem Wert", wieder die anderen. Jeder in der Stadt hatte inzwischen eine Meinung. Natürlich waren sie hier am Tisch für die Ausstellung. Das war man der Stadt schuldig, und schließlich auch sich selbst. Britta engagierte sich ja ohnehin für die Kultur ihrer Stadt. „Da haben Sie sich eine treffende Ablenkung ausgedacht", lachten Fritz und Britta. Natürlich hatten sie Hensel gleich durchschaut. Hensel tat betreten und stimmte dann in das Gelächter ein.

Aber er war noch nicht am Ende der Ermahnungen für den Ernstfall. „Jetzt kommt noch ein Ratschlag für den schlimmsten Fall."

Er sah in die Runde. Niklas sah auf seine Hände. Die anderen schienen gespannt zu warten. „Die Haustür öffnen Sie natürlich nur Personen, die Sie kennen.

Sollten sie eine Person als verdächtig einschätzen, versuchen sie, die Tür wieder zu schließen. Das wird ihnen wahrscheinlich nicht gelingen. Ist die Person bereits im Haus, versuchen sie es mit: ‚wir bekommen gleich Besuch. Ich könnte ihm absagen'. Sollte das erlaubt werden, rufen Sie diese Nummer an und sagen zum Beispiel ‚das Reh ist noch nicht geschossen, du kannst später kommen'." Er legte einen Zettel mit der entsprechenden Nummer auf den Tisch. „Sollten es zwei Personen sein, sagen sie zwei Rehe." Oder aber sie tun so, als riefen sie den Polizisten um Hilfe, der sich gerade auf der Toilette befindet."

„Und noch eins. Sollte die Polizei das Haus stürmen müssen, um sie aus der Gewalt der Erpresser zu befreien, dann suchen sie irgendwo Schutz, etwa hinter dem Sofa." Katja und Niklas schauten sich um, wo es entsprechende Möglichkeiten für solche Fälle geben würde.

„Sollten sie einen der Erpresser erkannt haben, sollten sie sich das auf keinen Fall anmerken lassen." Es entstand eine kleine bedrückte Pause.

„Ist das jetzt alles?", fragte Fritz.

Hensel nickte mit dem Kopf. Allen war die Anspannung anzusehen. Keiner sagte etwas. Als die Pause belastend wurde, stand Fritz auf und kam mit einer Flasche Wein zurück. Britta stellte die Gläser auf den Tisch. und bald kam ein Gespräch in Gang.

„Halten sie es für möglich, dass die Erpresser ins Haus eindringen, aus welchem Grund auch immer?" „Eigentlich nicht, aber wir müssen mit allem rechnen und darauf vorbereitet sein." „Werden wir noch genügend Zeit haben, uns in einem solchen Fall zu verstecken?" meinte Niklas, der offensichtlich noch kein passendes Versteck hatte ausmachen können. „Jedenfalls sollten sie wenigstens versuchen, irgendetwas zu finden." Britta meinte: „Ich glaube nicht, dass wir einen Erpresser in unserem Bekanntenkreis haben." Hensel bemühte sich, alle Fragen ehrlich zu beantworten, ohne dass bei den Zuhörern die Angst zu groß wurde.

Allmählich glitt das Gespräch in ruhigeres Fahrwasser. Man erzählte sich von früher und machte sich über witzige Begebenheiten bei gemeinsamen Bekannten lustig, was bei allen für große Erheiterung sorgte.

Als Hensel gegangen war, steckten Britta und Katja die Vorhänge mit Sicherheitsnadeln zusammen, damit auf keinen Fall ein Schlitz blieb, durch den jemand von außen in die Zimmer sehen konnte. Da es in der Küche keine Vorhänge gab, vermied man es, sich dort aufzuhalten, soweit es ging.

Als sie nachts in ihren Betten lagen, hörten sie Niklas durch die Zimmer wandern. Er schaltete auf seinem Weg durch das Haus in einigen Räumen die Beleuchtung an und legte einen Keil an die Haustür, damit zu überprüfen war, ob die Tür geöffnet wurde.

5. Die Presse

Am nächsten Morgen rückte der rote Punkt wieder in die Überlegungen. Dem Erpresser musste deutlich gemacht werden, dass Fritz bereit war, die geforderte Summe zu zahlen. Siko nahm Kontakt zur örtlichen Presse auf. Sie sollte helfen. Sie sollte vom Bundesjägertag schreiben, an dem Fritz in Berlin teilgenommen hatte. Damit wäre dann erklärt gewesen, warum er den roten Punkt nicht fristgemäß hatte setzen können.

In der Redaktion ging es zu dieser Tageszeit noch relativ gemächlich zu. Alle tippten im obersten Stockwerk eines alten Fachwerkhauses auf ihren Computern Berichte vom letzten Handballturnier, vom Erfolg des letzten Bauernmarktes vor dem Rathaus, von einem Unfall auf der Bundesstraße oder vom Streit im Rat zu der Installation von Kunstwerken in der Stadt. Fritz kannte die Redakteure von seiner politischen Arbeit, und sie kannten ihn mit allen seinen Funktionen.

Der Chef war neu und saß in einem kleinen Raum nebenan. „Ich mache mich nicht zum Handlanger der Polizei. Ihre Arbeit müssen Sie schon alleine machen", meinte er sogleich ablehnend, nachdem Siko das Anliegen vorgetragen hatte.

Der Redakteur kannte die örtlichen Gegebenheiten noch nicht, „Haben die Vereine oder Parteien dann ein Anliegen oder ein Problem, das sie für wichtig halten, kommen sie zu uns, und wir sollen dann unsere Artikel so gestalten, wie sie das gerade brauchen. Wenn wir erst einmal mit so was anfangen, werden wir zu Handlangern der unterschiedlichen Interessen. Wir sollen dann in ihrem Sinne schreiben, was ihnen aus der Misere hilft."

Erst als ein langjähriges Mitglied der Redaktion ihn darauf aufmerksam machte, dass sie einen solchen Fall wie den von Siko vorgetragenen noch nicht gehabt hatten und dass es sich hier um einen seriösen und allseits beliebten Politiker handelte, lenkte er ein. „Aber ich mache es nicht. Sie können ja sehen, wie sie das hinkriegen."

Die Redakteurin Pia Briste kam hinzu. Sie hatte Fritz schon oft zu gerade anstehenden politischen Problemen interviewt und erklärte sich bereit, einen Artikel zum Bundesjägertag zu verfassen. Siko vereinbarte mit ihr einen zeitnahen Termin und meldete sie dann sofort telefonisch zu einem Treffen mit Fritz in Hensels Wohnung an. Er bat alle Anwesenden, über die Hintergründe dieses Interviews Stillschweigen zu bewahren

Bereits einige Stunden später trafen sie sich. Hensels Frau war nicht zu Hause, und so konnten sie sich ungestört unterhalten. Briste stellte ein kleines Mikrofon auf und hielt ihren Schreibblock bereit. „Sie müssen plausibel erklären, dass Sie zu der Zeit nicht zu Hause waren, und den roten Punkt gar nicht setzen konnten", wandte sich Hensel nach einer kurzen Begrüßung an Fritz.

„Ich war tatsächlich nicht zu Hause. Zu der Zeit war ich mit meiner Frau in Berlin. Ich nahm als Mitglied des Präsidiums der Jägerschaft Niedersachsens am Bundesjägertag teil, der in diesem Jahr in Berlin stattfand."

„Das wird sogar der Erpresser einsehen, er weiß sicherlich um ihre jagdlichen Aktivitäten, wenn er ab und zu die Zeitung liest. In dem Zusammenhang taucht oft ihr Name auf." Hensel schien mit dieser Version sehr zufrieden zu sein.

„Die Daten passen zu dem im Erpresserbrief angegebenen Termin", meinte auch Pia Briste nach einem kurzen Blick auf die Einladung der Bundesjägerschaft, die Siko inzwischen kopiert hatte. „Dann brauche ich nur über den Bundesjägertag zu berichten, damit ist dann der verpasste Termin für den roten Punkt plausibel erklärt."

Sie begann, Fritz nach Besonderheiten auszufragen. Fritz berichtete kurz von den Themen, die außerhalb der üblichen Vereinsmodalitäten verhandelt worden waren.

Dann fiel ihm noch etwass ein, die sich vielleicht in der Presse gut machen würde.

„Meine Frau holte mich abends nach den Sitzungen ab. Als wir am ersten Abend aus dem Tagungsgebäude kamen, sind wir in eine Demonstration von Jagdgegnern geraten. Sie trugen Plakate mit Aufschriften wie ‚Jäger sind Mörder' und ‚Schutz für das Wild in unseren Wäldern'. Zuerst waren es nur einige, die vor dem Ausgang standen. Dann wurden es aber immer mehr, und wir waren bald eingekeilt. Als sie losmarschierten, war es uns noch nicht gelungen uns abzusetzen. Wir wurden in der Menge mitgeschoben. Meine Frau wurde ängstlich, weil man meiner Kleidung ansehen konnte, dass ich nicht zu ihnen gehörte, sondern eher zu denen, gegen die sie demonstrierten. Ich trug nämlich einen grünen Anzug. Aber sie haben es nicht bemerkt, bis es uns gelang, den Rand der Gruppe zu erreichen und uns auf den Bürgersteig zu retten."

Hensel, Siko und Pia Briste hatten mit steigender Heiterkeit dem Bericht zugehört. „Donnerwetter", meinte Hensel, nachdem das allgemeine Gelächter vorbei war, „das muss ja eine ganz gefährliche Tagung gewesen sein. Da sind Sie ja gerade mal mit dem Leben davon gekommen."

„Jetzt hört sich das natürlich alles sehr witzig an, aber die Situation war nicht so witzig", meinte Fritz etwas irritiert, stimmte dann aber in das allgemeine Gelächter ein.

„Ich weiß noch nicht, ob ich das mit rein nehme", meinte Pia „so ganz seriös klingt das für den Bericht nicht. Er soll ja sehr glaubwürdig werden."

Hensel erinnerte noch einmal daran, dass der Mitwisserkreis so klein wie möglich bleiben musste. Offensichtlich machte ihm Sorgen, dass sich dieser Kreis immer weiter ausdehnte.

Am nächsten Morgen las Fritz beim Frühstück den Bericht von Pia vor. Sie hatte einige Beschlüsse, die besonders für eine Region wie die örtliche wichtig waren, darin aufgegriffen, Viele Bürger waren froh, dass die Jäger sich intensiv um die Reduzierung der Wildschweinpopulation kümmerten. Die Wildschweine hatten bereits begonnen, deren Gärten umzuwühlen. Man konnte sicher sein, dass der Artikel auf ihr Interesse stieß. Natürlich war auch das Datum unübersehbar eingearbeitet und die Wichtigkeit der Teilnahme von Fritz beschrieben.

Alle waren zufrieden, auch Hensel, der kurz nach dem Frühstück wieder dazu gekommen war. „Ab heute wird es spannend", verkündete er „Der Erpresser weiß jetzt, warum sie noch nicht reagiert haben."

„Was wird eigentlich mit dem roten Punkt", wollte Britta wissen.

Hensel winkte ab: „Der kommt heute Nacht auf den Müllcontainer. Die Jungs haben sich schon Farbe besorgt und werden sorgfältig darauf achten, dass sie beim Aufmalen nicht gesehen werden."

Alle versammelten sich wieder um den Tisch, und Britta fragte: „Kann ich heute zum Einkaufen fahren? Wir brauchen dringend Nachschub. So langsam fühle ich mich wie eingesperrt." Die anderen nickten zustimmend, ob nun zum Wort ‚eingesperrt' oder zum Wort ‚Nachschub' ließ sich nicht genau nachweisen.

„Aber ist es heute nicht besonders gefährlich?" Natürlich Niklas wieder! Britta warf ihm einen ärgerlichen Blick zu.

„Er hat ganz Recht", bestätigte Hensel den Einwand. „Sie sollten in den nächsten Tagen besonders vorsichtig sein und sich an die Regeln halten, die wir anfangs besprochen haben. Wir gehen davon aus, dass der Erpresser sich zeitnah meldet und den Übergabeort bekannt gibt, vielleicht noch heute."

Alle blickten ihn erschrocken an.

„Aber ich denke, wenn einer von ihnen zu Rewe fährt, ließe sich das vertreten, zumal der Punkt noch nicht auf dem Container ist. Es sollte aber nicht Britta sein. Eine Person, die nicht direkt betroffen ist, wäre wahrscheinlich weniger gefährdet."

„Dafür käme ja nur Katja in Frage. Vielleicht könnte Niklas sie begleiten?", Britta hatte nicht vor, Niklas herauszufordern oder ihn zu ärgern, sie wollte nur, dass ihre Schwester nicht ganz alleine fahren musste.

„Dann könntet ihr auch gleich mal nach dem Container sehen." Auch sie war natürlich sehr besorgt, aber sie fand die Situation andererseits auch interessant.

Katja erklärte sich sofort bereit. Sie schien nicht besonders ängstlich. Britta drückte ihr einen Einkaufszettel und einen Korb in die Hand und wünschte ihnen viel Glück. Niklas hatte nur stumm genickt und sich seine Jacke angezogen.

Kurz darauf klingelte jemand an der Haustür. Hensel öffnete. Es war ein Polizist in Zivil, der ein Telefon mit Aufnahmetonband installieren wollte. Hensel erklärte: „Bei jedem ankommendem Gespräch wird ein Tonband eingeschaltet, das alle Gespräche aufzeichnet. Zusätzlich wird die Telekom eine Fangschaltung anbringen."

Und was haben wir dabei zu tun?", fragte Fritz.

„Sollte sich der Erpresser melden, müssen Sie sofort eine Nummer, die Sie noch bekommen werden, wählen. Dadurch kann die Telekom den Anrufer ermitteln. Sollte ich nicht hier sein, müssten Sie sofort meine Kollegen benachrichtigen."

Fritz war irritiert. „So einfach ist es, jemanden abzuhören. So können sie ja abhören, wen sie wollen."

„Theoretisch ja, aber ein Richter muss zustimmen. Das hat er in ihrem Fall natürlich getan."

Britta dachte an das merkwürdige Knacken in ihrer Telefonleitung während ihrer Studienzeit. Ob das wohl immer so perfekt eingehalten wurde? Da hatten sie, und wahrscheinlich auch Fritz, so ihre Zweifel.

Zusätzlich zu einer Nummer für die Telekom galt noch das nette Codewort ‚Blaumeise' für die Polizei. Sie meldeten sich bei jedem Gespräch, das sie mit ihren Kollegen führten, mit ‚Blaumeise'.

Katja und Niklas kamen unbehelligt zurück. „Jetzt können wir wieder ein paar Tage durchhalten. Wir haben genug zu essen", Niklas schien erleichtert. „Der rote Punkt ist schon auf dem Müllcontainer, riesengroß, schon von Weitem zu sehen."

Hensel blieb bis zum Abend. Es geschah nichts, kein Anruf, jedenfalls nicht vom Erpresser. Jedes Mal, wenn das Telefon klingelte, hob Hensel den Hörer ab und reichte ihn dann weiter, weil es ein normales Gespräch war, für Britta oder für Fritz. Es fiel ihnen nicht ganz leicht, so zu tun, als wenn nichts wäre, weil sie bei jedem Gespräch zunächst die Stimme des Erpressers erwarteten. Manchmal schlingerte ihre Stimme auch etwas, aber offensichtlich schien niemand bis jetzt etwas von ihrer Aufregung bemerkt zu haben. Am Abend wurden die Anrufe seltener, trotzdem waren alle angespannt, als Hensel ging, obwohl er ihnen versichert hatte, dass sie besonders gut bewacht wurden.

6. Die Recherchen

Inzwischen wurde in den verschiedenen Ermittlergruppen heftig recherchiert. Von diesen Ermittlungen erfuhren die Betroffenen aber fast nichts. Offenbar war der Verfassungsschutz bis über Hannover hinaus eingebunden. Es wurden Andeutungen gemacht, dass es mögliche Parallelen zu den politischen Morden und Erpressungen in den vergangenen Jahren gab.

Je mehr Britta und Fritz erfuhren, umso unsicherer wurden sie, und je mehr sie zur Vorsicht ermahnt wurden, umso ängstlicher beobachteten sie ihre Umwelt.

Hensel versuchte, die gefährliche Situation herunter zu spielen: „Regen Sie sich nicht auf, unsere Sondereinsatzkommandos stehen bereit."

Aber was sollte das im Ernstfall helfen, wenn ganz plötzlich etwas passierte. Dann würde es in der Presse heißen: ‚In seinem Auto erschossen', oder ‚ein Sprengsatz explodierte', oder ähnliche Horrorszenarien.

Hensel berichtete auch von Spuren, die gefunden worden waren und bei denen Fritz oder Britta helfen konnten. Sie sollten ihre Beziehungen zu Personen erläutern und deren Glaubwürdigkeit einschätzen. Sie nahmen sich besonders Namen vor, die im Umfeld von Fritz gefunden worden waren.

„Uns ist ein Herr Lohner aufgefallen. Was können Sie zu dem sagen?"

„Ja, den kenne ich. Lohner hat sich vor einigen Wochen bei einer Sitzung des Ortsverbandes meiner Partei vorgestellt. Ich kenne ihn also noch nicht so lange."

„Gibt es irgendwelche Besonderheiten?"

„Er ist vor kurzer Zeit von Rheinberg in unsere Stadt gezogen. Auf die Frage, warum er aus Rheinberg weggegangen ist, antwortete er nur knapp: ‚Weil ich es hier sehr schön finde'."

Fritz machte eine kleine Pause. Er überlegte, ob er mit seiner Darstellung nicht einen Menschen in ein falsches Licht rückte, der es vielleicht nicht verdient hatte. Aber die Gegebenheiten waren nun einmal so. Und er wollte alles tun, um die Ermittlungen gegen seinen Erpresser zu unterstützen.

„Ich fand diese Erklärung etwas dürftig, weil er noch zu jung war, um sich hier zur Ruhe zu setzen, wie wir das bei älteren Leuten schon erlebt haben. Wir wohnen ja wirklich in einem hübschen Städtchen."

„Er hat nichts über die Gründe seines Umzugs gesagt?", hakte Hensel noch einmal nach.

„Nein, er hat auch nichts darüber gesagt, was er vielleicht hier in Münden machen wollte, ob er ein Hobby hat oder ob er vielleicht zu Verwandten gezogen ist. Wir haben dann nicht weiter nachgefragt, sondern mit den Besprechungen begonnen. Am politischen Gespräch beteiligte er sich den ganzen Abend nicht."

„Haben Sie später etwas Näheres über ihn erfahren?"

„Ja, leider. Herr Enke, der Vorsitzende des Kreisbauernverbandes hat mir vor einer Woche erzählt, dass er sich heftig mit Lohner gestritten habe, es war wohl zunächst eine Kleinigkeit, die aber anschließend aus dem Ruder lief. Lohner habe ihn auf das übelste beschimpft, auch in der Göttinger Presse und ihm beleidigende Briefe geschrieben. Bedroht haben soll er ihn auch mit Prügeln oder noch Schlimmerem. Ich habe aber dann das Gespräch bei Enke abgebrochen, weil ich damit nichts zu tun haben wollte."

In welcher Weise sie auf den Namen Lohner gestoßen waren, erläuterte Hensel nicht.

„Ich werde ihn morgen aufsuchen und auch seine Schreibmaschine untersuchen lassen", sagte er nur. „Wir haben vom Bundeskriminalamt die Analyse des Erpresserschreibens bekommen und können herausfinden, ob die Briefe an Enke mit der gleichen Maschine geschrieben wurden wie der Erpresserbrief."

Dann kam er auf eine weitere Person zu sprechen, Frau Neuburg. Die ganze Stadt kannte diese Frau, jedenfalls die, die regelmäßig die Zeitung lasen. Sie schrieb zu allen wichtigen und unwichtigen Themen Leserbriefe. Sie schickte ihre Briefe an die Zeitung, die Polizei und auch an Privatpersonen. Den Ermittlern war aufgefallen, dass das Schriftbild ihrer Schreibmaschine dem auf dem Erpresserbrief ähnelte.

„Wir sind daraufhin bei ihr gewesen und haben uns ihre Maschine angesehen. Die entsprechenden Sachverständigen fanden tatsächlich eine Übereinstimmung in manchen Buchstaben, aber insgesamt kam diese Maschine nicht in Frage. Es gab gewisse Unterschiede, die eine Übereinstimmung ausschlossen. Und außerdem war sie gerade für längere Zeit auf Ischia in Italien."

„Das hätte ich mir auch nicht vorstellen können. Sie redet zwar viel und drängt sich überall dazwischen, aber insgesamt ist sie eine freundliche und politisch engagierte Person, die inhaltlich eher auf unserer Wellenlänge tickt", meinte Britta. „Sie nimmt rege am Kulturleben dieser Stadt teil, ist sehr interessiert an den kulturellen Angeboten und sucht immer, manchmal etwas aufdringlich, das Gespräch."

„Wir haben sie inzwischen auch völlig aus dem Kreis der Verdächtigen ausgeschlossen. Aber sie ist jetzt auch eingeweiht, hat aber hoch und heilig versprochen, mit niemandem darüber zu sprechen.

„Ob man sich darauf verlassen kann!" Fritz war skeptisch. Alle waren etwas amüsiert. Keiner konnte sich diese Frau als eine Verbrecherin vorstellen.

„Man muss jeder Spur nachgehen, da haben wir als Polizei schon die größten Überraschungen erlebt. Denken Sie noch einmal nach", wandte sich Hensel an Fritz, „fällt ihnen niemand ein, von dem Sie annehmen könnten, dass er ihnen nicht wohl gesonnen ist, und sich auf diese Weise rächen will?"

„Natürlich gibt es in den unterschiedlichen Gremien, in denen ich arbeite, Meinungsverschiedenheiten oder politische Kontroversen, die auch manchmal etwas hitzig werden, aber ich kann mir nicht vorstellen, dass so etwas zu einer Morddrohung führen würde."

Hensel machte sich Notizen in seinem Buch.

„Morgen zum Beispiel fahre ich nach Hannover zum Landesbeirat für Tierschutz, in dem ich mit meiner Meinung nicht zurückhalte. Da habe ich mich schon mal so heftig geärgert, dass ich die Sitzung verlassen habe. Man kann sich kaum vorstellen, was dort manchmal für skurrile Vorschläge gemacht werden. Und wenn ich versucht habe, die Argumente zu entkräften, schließlich bin ich Tierarzt und Jäger, sind die entsprechenden Personen meistens uneinsichtig und regen sich furchtbar auf. Die sind dann nicht zimperlich mit ihren Gegenargumenten. Da ist eine Menge Gelassenheit nötig. Aber trotzdem würde ich denen so etwas nicht zutrauen."

Hensel schaute kurz auf seinen Plan, wahrscheinlich um sich zu vergewissern, dass der Plan der ihm vorliegenden Unternehmungen, die Fritz zusammen gestellt hatte, vollständig war. Als er sah, dass die Fahrt nach Hannover aufgenommen und auch abgehakt war, wandte er sich an Fritz: „Soviel ich weiß, haben die Kollegen für ihre morgige Fahrt das Auto schon kontrolliert. Es steht jetzt in der verschlossenen Garage. Sie sollten es heute nicht mehr benutzen."

Britta meldete sich zu Wort. „Ich habe heute die Schriftstücke in den Ordnern meines Mannes durchgesehen, aber auch keine Person gefunden, die auch nur annähernd verdächtig wäre."

„Irgendwann werden unsere Jungs schon was finden." Hensel packte sein kleines Köfferchen ein und verabschiedete sich, nachdem er noch einmal die Bedienung des Telefons mit allen durchgegangen war für den Fall, dass der Erpresser sich meldete.

Später teilte Hensel ihnen noch telefonisch mit: „Ich wollte ihnen nur sagen, dass die Schreibmaschine, auf der die Enke-Briefe geschrieben sind, nicht in Frage kommt. Das BKA hat eine Hausdurchsuchung bei Lohner gemacht. Es gibt keine Übereinstimmungen und auch keine weiteren Verdachtsmomente."

„Also haben wir immer noch keine verlässliche Spur?"

„Nein, leider nicht. Aber wir kriegen das schon hin. Machen Sie sich keine zu großen Sorgen. Aber seien Sie vorsichtig!"

„Ich habe heute in Rheinberg angerufen", teilte Fritz ihm mit. „Den Ort habe ich von der Teilnehmerliste der Sitzung. Es ist wohl tatsächlich der Heimatort von Lohner. Aber ich habe nichts Neues erfahren. Ich hatte eine Person an der Strippe, die ihn kannte, aber wenig zu seiner Person sagen konnte."

„Gut, aber Sie sollten nicht auf eigene Faust ermitteln. Sie könnten damit unsere Ermittlungen stören." Wenn Hensel verärgert war, ließ er sich das nicht anmerken.

7. Britta zum Konzert

Am nächsten Morgen fuhren Katja und Niklas nach Hause. Die Schule hatte begonnen, die Herbstferien waren zu Ende, und beide mussten wieder ihrer Arbeit als Lehrer nachgehen.

„Da habt ihr uns dieses Mal ja ein richtiges Ferienerlebnis geboten. Aber die Obstbäume im Garten sind abgesägt, und die Äste und Zweige ordentlich für die nächste Abfuhr zusammengebunden. Und deshalb sind wir ja gekommen. Es hat trotz allem Spaß gemacht". Katja nahm Britta in die Arme: „Passt gut auf euch auf. So gerne lasse ich euch nicht alleine. Aber ihr seid von Herrn Hensel gut behütet."

Ihr Gepäck war schon in der Diele zusammengetragen. Niklas ließ sich nicht anmerken, dass er heilfroh war, das Haus verlassen zu können. Auch er verabschiedete sich mit einer kurzen Umarmung. Fritz und Britta halfen, das Gepäck zum Auto zu tragen.

„Und herzlichen Dank für die Hilfe im Garten und für den Beistand in schwierigen Zeiten", riefen Fritz und Britta ihnen noch zu, als das Auto schon auf die Straße einbog. Sie winkten ihnen nach, solange sie den Wagen sehen konnten.

„Das Haus ist ein bisschen leer ohne sie", meinte Britta ein wenig verzagt. Ihre Schwester war ihr eine Stütze in dieser ungewohnt gefährlichen Situation gewesen.

„Mach dir keine Sorgen. Wir schaffen das auch alleine", versuchte Fritz sie zu trösten. Aber auch er musste zugeben, dass das Haus größer und leerer wirkte. Sie holten sich Kaffee aus der Küche und setzten sich an den Esstisch. Bevor sich jeder seinen Aufgaben zuwendete, wollten sie gemeinsam überlegen, wie es weiter gehen sollte.

„Heute Abend findet das Konzert statt, zu dem ich junge

Künstler aus der Meisterklasse der Hochschule für Musik und Theater Hannover gewinnen konnte. Ich muss unbedingt hin, um die jungen Künstler zu begrüßen und einzuführen."

„Ich bin nicht sicher, ob ich mitgehen sollte." Fritz versäumte nicht gern die von seiner Frau organisierten Konzerte. Häufig fuhren sie auch zum Besuch der Oper nach Kassel und ins Deutsche Theater nach Göttingen. Er freute sich auf diese kulturellen Ereignisse, auch deshalb, weil sie gemeinsam daran teilnehmen konnten. Durch seine vielen Verpflichtungen war er oft unterwegs, und deshalb nutzten beide jede Möglichkeit für gemeinsame Unternehmungen.

Obwohl Britta sich über seine Teilnahme gefreut hätte, riet sie ab. „Wir fahren im Dunkeln los und kommen im Dunkeln zurück. Das Haus ist die ganze Zeit über leer. Wer weiß, was ‚die' dann alles dort anstellen könnten." Sie begann, es sich auszumalen: „Es kann sich einer im dunklen Haus mit einer Waffe verstecken, oder sie könnten Sprengstoff mit einem Draht zum Zünden an die Tür legen."

„Hör auf, hör auf! Wer weiß, wo deine Fantasie noch landet", Fritz griff nach ihren Händen und drückte sie fest. „Abgemacht, ich bleibe zu Hause."

‚Aber hier alleine im Haus zu bleiben, ist auch nicht sehr angenehm', dachte Britta. Sie wollte Fritz nicht noch mehr beunruhigen. Nachdem sie sich versichert hatten, dass alle Fenster und die Haustür fest verschlossen waren, ging jeder an seinen Schreibtisch und versuchte, in aller Ruhe seine normalen Arbeiten zu erledigen.

Am Abend zog Britta alle Fenstervorhänge zu und steckte sie, wie schon an den vergangenen Tagen, mit Nadeln dicht zusammen, sodass von außen auch nicht der kleinste einsehbare Spalt blieb.

„Und du schließt gleich hinter mir die Haustür ab", ermahnte sie Fritz noch einmal. „Am besten lassen wir unten die Lampe an der Garage angeschaltet. Wenn ich nachher nach Hause komme, weiß ich, dass alles in Ordnung ist. Wenn sie dunkel ist, rufe ich sofort die Polizei". Fritz nickte zustimmend, obwohl er anderer Meinung war. ,Wie stellt sie sich das denn vor?', dachte er. ,Wahrscheinlich würde ich keine Möglichkeit mehr haben, die Lampe auszuschalten, wenn wirklich etwas passiert war.'

Sie fuhr mit ihrem Auto zum Konzertsaal, begrüßte zuerst ihre Kollegen und die jungen Künstler, und als die Zuhörer sich versammelt hatten, begrüßte sie das Publikum und vergaß darüber fast ihre Sorgen. Sie setzte sich zu Hannes und Hanna, ihren Freunden, die auch gekommen waren. Das Konzert wurde ein Erfolg. Die Künstler freuten sich, das Publikum war begeistert, die Presse würde einen positiven Bericht schreiben, und sie selbst war froh, dass das Konzert gut gelungen war.

Anschließend stand sie mit Hannes und Hanna an der Garderobe. Sie hatten sich einige Zeit nicht gesehen, und als sie merkten, dass sie sich viel zu erzählen hatten, lud Britta sie auf ein Glas Wein ein, zumal Hannes schon bedauert hatte, dass Fritz nicht mitgekommen war. Dass sie für die Einladung auch einen anderen Grund hatte, sagte sie ihnen nicht. ,Besser, wenn ich nicht alleine am Haus ankomme. Auch wenn die Lampe an der Garage brennt. Ich fühle mich dann einfach sicherer', dachte sie.

„Das ist aber lieb von Fritz, dass er uns schon Licht macht", meinte Hanna, als sie die Treppe zum Haus hinaufgingen. Um Fritz nicht mit einem Geräusch an der Haustür zu erschrecken, drückte Britta die Klingel. Er öffnete die Tür und sah sie erschreckt an, bis er begriff, dass Freunde vor ihm standen. Er wirkte konfus und begrüßte sie etwas fahrig, schloss hastig hinter ihnen die Tür und ging ins

Wohnzimmer. Sein Kopf war rot und auf seinem Hemd waren mehrere Schweißflecken zu sehen. Auf dem Tisch lag seine Pistole. Britta deckte sie hastig mit einer Zeitung zu. Hannes und Hanna setzten sich irritiert an den Tisch. So kannten sie Fritz nicht. War er krank? Britta stellte Gläser auf den Tisch, und Fritz holte eine Flasche Wein aus dem Kühlraum, nachdem Britta ihn mehrmals darum gebeten hatte. Mit zitternden Händen versuchte er, die Flasche mit dem Korkenzieher zu öffnen. Endlich gelang es ihm. Mit der Zeit wurde er ruhiger.

So hatte Britta ihren Mann seit dem Beginn der Erpressung noch nicht erlebt. Sie begann, sich Sorgen zu machen. Was war passiert? Vielleicht eine neue Nachricht? Ein Telefonanruf? Dann kam ihr der schreckliche Gedanke, dass ein Erpresser im Haus sein könnte. Unter dem Vorwand, etwas zum Knabbern zu holen, stand sie auf und ging in die Küche.

„Kannst du mal kommen?", rief sie. Fritz schüttelte den Kopf. „Nein es ist nichts passiert", antwortete er auf ihre Frage. Sie glaubte ihm nicht.

„Nein, ich bin nicht krank", erklärte Fritz später, als alle am Tisch saßen, sein merkwürdiges Verhalten. „Aber wir sind gerade ziemlich im Stress."

Und dann beschrieb er den Freunden die letzten Ereignisse und erzählte von dem Druck, unter dem sie jetzt schon fast eine Woche standen. Sein Verhalten und seinen Zustand erklärte er damit, dass er glaubte, Geräusche an der Ostseite des Hauses gehört zu haben.

„Dort laden die Fenster geradezu zum Einsteigen ein, weil die Fensterbänke niedrig liegen. Ich habe den Revolver entsichert und hier am Tisch sitzend gewartet, dass die Tür zum Esszimmer sich öffnet und jemand auf mich schießt. Ich habe mich die ganze Zeit gefragt, ob ich schnell genug bin, als erster zu schießen." Er trank einen Schluck Wein. „Da habe ich mich wohl in etwas hinein gesteigert." Er wirkte inzwischen wieder ruhiger, sein Gesicht hatte die hochrote Farbe verloren und seine Hände zitterten nicht mehr.

Hannes und Hanna waren nun auch zu Mitwissern geworden. Sie waren beunruhigt und wollten mehr wissen. Als Fritz später die zweite Flasche Wein öffnete, lenkte er deshalb das Gespräch auf den nächsten Segeltörn, den sie gemeinsam für die Ferien im Sommer an der Adria planten. Fritz würde sich als Skipper um alles kümmern. Vorher würde es natürlich noch so manches Treffen geben, denn es gab viel zu besprechen.

Es war spät geworden. Hanna drängte zum Aufbruch. Sie verabredeten, dass die Garagenlampe jeden Abend bei Eintritt der Dunkelheit eingeschaltet wurde. Sollte die Lampe dunkel bleiben, war das ein Signal, dass etwas nicht in Ordnung war. Hanna und Hannes würden so oft wie möglich am Haus vorbei fahren und die Lampe kontrollieren. Die beiden verabschiedeten sich, alle waren entspannt, und der belastende, panische Druck war verschwunden.

Als die Gäste gegangen waren, erzählte Fritz, dass er sich auch deshalb so aufgeregt hatte, weil Hensel angerufen hatte. Ursprünglich wollte er ein paar Stunden ins Fitnessstudio gehen, hatte aber nicht gewagt, vom Telefon wegzugehen, weil er davon ausging, dass bald etwas geschehen würde.

Am nächsten Tag teilte Fritz Hensel mit, dass zwei weitere Personen eingeweiht sind und dass sie sich die Kontrolle mit der Lampe ausgedacht haben. Hensel notierte sich die Adressen von Hanna und Hannes.

8. Gewagte Normalität

Entgegen den Vermutungen der Polizei meldete sich der Erpresser auch nach der Anbringung des roten Punktes nicht. Zehn Tage nach dem Empfang des Erpresserbriefes war nichts geschehen.

Hensel nahm das zum Anlass, Fritz und Britta zu ermuntern, ihren normalen, alltäglichen Tätigkeiten nachzugehen. Beide hatten bis dahin jedes Mal überlegt, ob die jeweiligen Termine nicht vielleicht doch verschoben werden könnten. Nach dem Plan, der auch Hensel vorlag, war für Fritz am nächsten Tag ein Treffen im Gästehaus der niedersächsischen Landesregierung in Hannover mit dem Ministerpräsidenten vorgesehen. Das Gespräch war seit langem vorbereitet und Fritz war froh, dass Hensel grünes Licht zur Teilnahme gab.

„Wissen Sie eigentlich, dass Sie noch immer Personenschutz haben?" Fritz und auch Britta hatten seit langem nichts bemerkt, vielleicht auch deshalb, weil sie nicht mehr jeden Spaziergänger, der langsam an ihrem Haus vorbeiging, verdächtigten oder für einen Aufpasser der Polizei hielten.

„Wenn das so ist, arbeiten unsere Jungs gut", meinte Hensel lachend. „Auch ihr Auto ist bereits für die Fahrt nach Hannover gecheckt. Haben Sie gar nicht mitgekriegt, nicht wahr?" Fritz und Britta waren froh, dass nicht ein Personenschutz angeordnet worden war, der ihnen auf Schritt und Tritt folgte. So führten sie doch ein einigermaßen normales Leben.

Bei der Sitzung handelte sich um ein Gespräch mit Naturschutzverbänden, an dem auch die betroffenen Minister für Landwirtschaft und Umwelt teilnahmen. Fritz vertrat die Landesjägerschaft, und da er während seiner Landtagszeit in den entsprechenden Ausschüssen gesessen hatte, kannte er fast alle Teilnehmer und auch die Sicherheitsbeamten, die ihn schon auf dem Parkplatz begrüßten. „Hallo, machen Sie sich keine Sorgen. Wir passen auf ihr Auto auf. Die Kollegen vom LKA haben uns schon informiert." Fritz war erleichtert. Besonders um das geparkte Auto hatte er sich Sorgen gemacht. Leicht könnte man Sprengstoff am Unterboden anbringen.

Obwohl zu solchen Anlässen immer viel Sicherheitspersonal anwesend gewesen war, schienen ihm die Aufpasser dieses Mal noch zahlreicher zu sein. Er konnte sich also sicher fühlen und sich in aller Ruhe den Themen widmen, die verhandelt werden sollten. Das wichtigste politische Thema für ihn und die Jägerschaft an diesem Tag war die Erlaubnis der Jagd in ausgewiesenen Landschaftsschutzgebieten. Auch in diesen Gebieten begann die Zahl der Wildschweine gefährlich zuzunehmen. In manchen Gebieten wurde sogar die Bevölkerung belästigt. Fritz war sehr froh, dass am Ende der Sitzung die Regelung galt, ‚in Landschaftsschutzgebieten wird es keine allgemeine Regelung geben'. Das war ein gutes Ergebnis. Er freute sich darauf, das seinen Kollegen im Landesvorstand mitteilen zu können.

Am Ende gab es sogar ein Lob über die Kooperationsbereitschaft der Jäger, wohl auch deshalb, weil man sich über die Sportfischer wegen ihrer starren Haltung geärgert hatte und dies auch deutlich zum Ausdruck brachte. In diesem Ausschuss war man noch nie zimperlich gewesen, wenn jemandem irgendetwas nicht passte.

Auch Britta hatte sich wieder in ihre Arbeit gestürzt. Sie hatte gleich mehrere Termine wahrgenommen. Im städtischen Gebäude für Veranstaltungen gab es ein Nutzertreffen. Einige der Vertreter der teilnehmenden Gruppierungen waren Aushilfskräfte und kamen sich sehr wichtig vor. Sie mischten sich ständig ein, demonstrierten ihre mangelnde Sachkenntnis und hielten alle damit auf. Ihre Sprachfloskeln waren jedes Mal dieselben: „Ein Stück weit ist das auch mein Problem", oder „ich sage mal", oder „damit habe ich doch jetzt ein Problem". Britta war genervt. Wenn sie mit allem ein Problem hatten, dann sollten sie sich zurückhalten, dann würde es ihnen vielleicht besser gehen.

Am Nachmittag hatte sie eine Einladung zu einem Vortrag von der Frau des Bundespräsidenten zum Thema ‚Gesund leben. Die Natur hilft heilen'. Eigentlich interessierte sie das Thema nicht sehr, auch deshalb, weil es zu viele Apostel gab, die den Menschen das naturnahe Leben beibringen wollten, das sie im Laufe des letzten Jahrhunderts verloren hatten. Dass die äußeren Bedingungen sich geändert hatten, bezogen sie kaum in ihre Überlegungen ein. Obwohl der Vortrag mit einigen tatsächlich hilfreichen Tipps begann, glitt er zum Ende in sentimentale Appelle zur christlichen Religion ab. Britta fragte sich, warum sie denn da bloß eingeladen worden war. Mit ihrer Kulturarbeit hatte das wenig zu tun.

Für den Abend hatte sie schon vor einiger Zeit eine Vorstandsitzung einberufen, in der es um zukünftige Kulturveranstaltungen gehen sollte. Es gab immer viel zu organisieren und zu planen. Heute sollte es um die Planung der Konzertreihe im nahe gelegenen Kloster für den nächsten Sommer gehen. Ein wichtiges Thema. Eigentlich sollte der zuständige Kollege nur die bisher schon gewonnenen Musiker mit ihren jeweiligen musikalischen Angeboten, ihren Preisvorstellungen und die Termine des Klosters vorstellen. Im Frühjahr musste schließlich das Programm erscheinen. Aber die Sitzung dauerte wieder mal drei Stunden, weil auch die anderen Spartenleiter ihren Bereich für wichtig hielten und berichten wollten, auch wenn es noch Zeit gehabt hätte, und dabei viel Unwichtiges einfloss. Alle gaben sich Mühe, aber jeder nahm natürlich seine Planung wichtig und wollte schließlich das Plazet des Vorstandes haben. Ihre Motivation für jeweils ihren Bereich war groß und musste anerkannt werden. Und deshalb ließ Britta alle bis dahin erarbeiteten Vorbereitungen darstellen. Das dauerte eben sehr lange. Als sich Fritz und Britta abends zu Hause wiedersahen, waren beide erschöpft, aber zufrieden, dass es in ihrem Leben wieder normal zu werden schien. Aber trotzdem hatte Fritz, der als erster im Haus angekommen war, mit seiner Pistole alle Zimmer durchsucht. Danach erst konnte er sich sicher fühlen. Er hatte die Garagenlampe eingeschaltet, und als Britta sah, dass sie hell war, hatte sie beruhigt durch die Dunkelheit zum Haus gehen können.

Am nächsten Tag teilte Hensel ihnen mit, dass der Personenschutz beendet werden sollte. „Das bedeutet natürlich nicht, dass die Ermittlungen auch eingestellt werden. Vielleicht finden wir mit etwas Glück doch noch eine entscheidende Spur", setzte er hinzu, als er sah, dass Britta über diese Wendung erschreckt war. „Nach unserer Analyse besteht tatsächlich keine akute Gefahr mehr. Sie brauchen sich also keine Sorgen zu machen."

Britta blieb skeptisch. Sie holte frischen Kaffee aus der Küche und füllte das Milchkännchen. „Haben Sie denn inzwischen eine ungefähre Ahnung, was hinter der ganzen Sache stecken könnte?", wollte Fritz wissen.

„Unsere Kenntnisse gründen sich bisher nur auf Vermutungen." Gespannt auf weitere Neuigkeiten sahen Britta und Fritz ihn an. „Wir wissen immer noch nicht, ob wir im politischen, jagdlichen oder persönlichen Umfeld suchen sollen. Nahe liegend ist allerdings eine politische Motivation. Auch die Durchsichten ihrer Post und ihrer sonstigen

Unterlagen haben bisher nichts ergeben. Aber wahrscheinlich steht die Gelderpressung im Mittelpunkt. Der Erpresser wohnt vielleicht sogar ganz in ihrer Nähe, aber ziemlich sicher hier in der Stadt."

„Wenn es so wäre, brauchte ich ja kaum noch mit einem Mordanschlag zu rechnen", Fritz schien erleichtert.

Hensel musste ihm widersprechen: „So ist es ja nicht. Auch bei einer Erpressung kann die Androhung eines Mordes zur Tat führen, wenn zum Beispiel nicht früh genug gezahlt wird, oder die Erpresser merken, dass der Erpresste die Polizei eingeschaltet hat."

„Das kennen wir ja alles aus den Krimis, mit denen wir im Fernsehen überschüttet werden." Für Britta ein Reizthema, sie fand, dass viel zu viele solcher Filme ins Programm aufgenommen wurden und regte sich darüber auf, dass sie auch von Kindern gesehen wurden. Schließlich würden sie derartige Verbrecherszenen für das normale Leben halten. Sie dachte dabei immer noch an ihre Schüler, die ihr oft am nächsten Tag das gesamte Fernsehprogramm erzählen konnten, weil viele Eltern sich nicht darum kümmerten, wie lange ihre Kinder vor dem Kasten saßen.

Bevor er ging, versprach Hensel, auch weiter als Ansprechpartner zur Verfügung zu stehen, zumal er stets schnell zu erreichen war.

Schon am nächsten Tag kam ein Techniker der Polizei, beendete die Telefon-Fangschaltung und nahm das angeschlossene Gerät vom Netz.

Katja und Niklas riefen immer noch jeden Tag an. Bisher hatten sie, wie bei ihrer Abreise ausgemacht, die Nachrichten verschlüsselt mit dem Code der im Garten abgeholzten Bäume ausgetauscht. Britta fand das witzig. ‚Das Strauchwerk liegt noch im Garten' bedeutete ‚Der Personenschutz läuft noch wie am ersten Tag', oder ‚die restlichen Äste sind noch nicht zersägt' sollte heißen ‚es ist nichts passiert und alles ruhig'. Auch die beiden Söhne und die Tochter erkundigten sich täglich abwechselnd. Katja hatte sie gleich nach ihrer Rückkehr benachrichtigt.

Noch am selben Abend benachrichtigte Britta alle über das Ende des Personenschutzes. Die entsprechend verschlüsselten Nachrichten waren also nicht mehr nötig.

Hanna und Hannes wussten dagegen nichts von beruhigenden Nachrichten der Polizei. Sie nahmen ihr Versprechen sehr ernst und kontrollierten jeden Abend die Garagenlampe. Auch so am folgenden Tag. Hanna hatte abends in der Schule zu tun gehabt und sah auf der Heimfahrt nach dem Rechten. Die Telefonnummer von Hensel hatten beide immer bei sich. Sie stellte mit Schrecken fest, dass am Haus ihrer Freunde alles dunkel war. Keine Außenlampe leuchtete. Wie sie verabredet hatten, hätte nur eine eingeschaltete Lampe ihr das Signal gegeben, ‚Es ist alles in Ordnung'. Offensichtlich war etwas geschehen, und für einen solchen Fall wäre ihre Hilfe erforderlich.

Bevor sie aber die Polizei benachrichtigte, wollte sie sich vergewissern, was los war. Hastig fuhr sie nach Hause und holte auch Hannes hinzu. Sie stellten das Auto vor der Garage ab und näherten sich gemeinsam vorsichtig dem Haus. Es war alles dunkel. Als sie um die Ostecke bogen, sahen sie Licht im Schlafzimmer. Aber sonst war nichts festzustellen.

„Was kann denn das bedeuten"? flüsterte Hanna. Hannes hatte eine Idee. „Heute ist der große Empfang der Stadt in der Rathaushalle. Hat Fritz nicht erzählt, dass er daran teilnimmt, obwohl er keine Lust hat?" „Richtig", jetzt fiel es auch Hanna ein, „Britta muss ja auch da sein und die Kultur vertreten, schließlich ist die Kultur auf Gelder der Stadt angewiesen."

Sie gingen zum Auto zurück und warteten. Hans sah auf

seine Armbanduhr. „Die Veranstaltung müsste bald zu Ende sein. Wenn sie in einer halben Stunde nicht zurück sind, rufen wir die Nummer an, die sie uns gegeben haben."

Bevor die Frist verstrichen war, bogen die beiden mit ihrem Auto auf den Parkplatz vor dem Haus ein. Erleichtert berichtete Hanna von ihrer Sorge. Fritz lud sie zu einem Glas Wein ein, um sich wieder zu beruhigen.

„Dass ihr die Kontrolle durch die Lampe so ernst genommen habt!" Fritz war beeindruckt. „Wir müssen uns bei euch entschuldigen, dass wir das Einschalten vergessen haben. Uns wurde gestern nämlich mitgeteilt, dass der Personenschutz aufgehoben und die Gefahr als geringer eingestuft wird. Deshalb waren wir vielleicht etwas leichtsinnig."

Bald nahm die Aufregung ab. „Wir bedanken uns bei euch", Fritz hob sein Glas: „Prosit, auf unsere Freundschaft!" Hannes hob ebenfalls sein Glas. „Bevor wir jetzt noch ganz sentimental werden, machen wir uns auf den Heimweg. Das Auto holen wir morgen bei euch ab." Britta und Fritz begleiteten ihre Freunde zur Tür und bedauerten sie wegen ihres Fußmarsches. Sie hatten einen langen Weg vor sich.

9. Ein ähnlicher Fall

Am nächsten Nachmittag besuchte sie überraschend Hensel. Sie hatten nicht mehr mit ihm gerechnet.

„Eigentlich wollte ich ihnen mit meiner Nachricht von vorgestern helfen, in ein ganz normales Leben zurückzufinden. Aber die Dinge kommen in Gang"

Britta ahnte schon, dass es wieder ein langer Tag werden würde. Sie waren inzwischen ein eingespieltes Team, setzten sich an den Esstisch, wo sie so oft zu Besprechungen gesessen hatten.

„Die Kasseler Polizei hat uns um Amtshilfe gebeten."

„Die Kasseler? Das ist doch Hessen", fragte Fritz erstaunt.

„Wenn man so dicht an der Landesgrenze wohnt wie wir, dann passiert das öfter mal. Die Verbrecher richten sich nicht nach den Grenzen der Bundesländer. Sie erpressen länderübergreifend", fügte er grinsend hinzu.

Dann griff er nach seiner Tasche und holte umständlich sein Notizbuch hervor. „Auch das BKA ist wieder eingeschaltet. In Dörnberg ist ein Erpresserbrief aufgetaucht. Es werden die gleichen Forderungen gestellt wie bei uns, nämlich eine Mordandrohung durch eine gewisse ‚Organisation' kann verhindert werden, wenn vorher eine bestimmte Summe gezahlt wird."

„Das ist ja eine merkwürdige Übereinstimmung", staunte Fritz. „Es kommt noch besser. Der oder die Erpresser verlangen auch einen roten Punkt. Auch der Sprach- und Schreibstil ist der gleiche und der Text ist offensichtlich auf derselben Schreibmaschine geschrieben wie bei uns hier."

Fritz und Britta waren bedrückt. Sollte jetzt alles wieder von Neuem losgehen?

„Da Sie bei uns mit eingebunden waren und die Sachverhalte kannten, hat das LKA Hessen sofort die Ähnlichkeit mit unserem Erpresserfall gesehen und uns benachrichtigt. Sie haben die entsprechenden kriminaltechnischen Stellen eingeschaltet, die ebenso durch unseren Fall bereits eingeweiht waren."

„Und was sagen die zu den Identitäten?"

„Es handelt sich eindeutig um den oder die gleichen Täter."

„Ist der Erpresste in Dörnberg auch ein Politiker?" Einige der Politiker, die in den letzten Jahren bei Anschlägen ums Leben gekommen waren, hatten in Hessen gelebt und gearbeitet.

„Nein, und das ist eigentlich das Verblüffende an der ganzen Geschichte, es ist ein Gastwirt aus Dörnberg. Seine Gaststätte liegt am Rande des Ortes und ist völlig uninteressant. Es finden keine Tagungen oder politische Versammlungen dort statt. Er selbst ist politisch völlig unbelastet. Der Vorstand des örtlichen Sportvereins trifft sich dort gelegentlich. Es gibt einen Stammtisch. Sie hat also alles, was eine ganz normale Bierkneipe ausmacht."

„Eigentlich können wir die ganze Sache doch als beruhigend ansehen. Diese Wiederholung macht doch einen recht dümmlichen Eindruck". Fritz hoffte auf eine Bestätigung von Hensel.

„Das sehe ich auch so. Wenn die Motivation des Erpressers nicht politisch ist, würde es sich bei uns hier auch nur um eine ganz gewöhnliche Erpressung von jemandem handeln, der zumindest sehr ungeschickt vorgeht. Aber wir haben auch überlegt, ob das nur ein Ablenkungsmanöver sein könnte."

„Um uns von dem eigentlichen Motiv abzulenken"?

„Richtig, denn der Gastwirt sieht nicht nach sehr viel Geld aus, womit er die geforderte Summe bezahlen könnte."

„Die haben wir ja schließlich auch nicht so einfach aus dem Ärmel." Fritz argwöhnte, dass die Polizei in diesem Punkt von völlig falschen Voraussetzungen ausging.

Britta warf ein: „Ich fände das alles sehr unüberlegt. Ich kann mir nichts vorstellen, was er uns damit sagen oder was er ausprobieren könnte. Auch wenn es eine ‚normale' Erpressung wäre. Was soll ihm das denn bringen?"

„Das ist richtig. Aber wir wissen, dass politisch Radikale oft zielstrebiger sind, alles sehr gut vorbereiten und auch dann weniger vor Mord zurückschrecken."

„Was ist denn eigentlich mit dem roten Punkt"? fragte Fritz.

„Den hatte der Wirt schon angebracht, bevor er die Polizei benachrichtigte. Jetzt warten die Kollegen auf den Termin zur Geldübergabe. Erst dann können sie wieder aktiv werden."

Es war inzwischen dunkel geworden. Britta schaltete die Garagenlampe ein. Hensel packte seine Unterlagen in sein Köfferchen und verabschiedete sich. „Sobald sich irgendetwas tut, melde ich mich."

Am nächsten Morgen erschien er erneut. „Kennen Sie einen Knut Sieger oder einen Peter Goldig? "

Fritz und Britta dachten kurz nach, konnten sich aber an niemanden mit solchem Namen erinnern, „Sind Sie denn schon einmal in der Gaststätte gewesen?"

Beide schüttelten den Kopf. Britta erinnerte sich, dass sie einmal mit den Kindern vor einigen Jahren auf dem Dörnberg waren, um Segelflieger zu beobachten, aber frustriert zurückgekehrt waren, weil sie nicht ein einziges Flugzeug beobachten konnten. Das war auch alles, was sie von dem Ort Dörnberg kannten.

„In welchem Zusammenhang sollen die Namen mit uns

stehen?"

Hensel hob abwehrend die Hand: „Je weniger Sie wissen, umso besser für Sie."

Dann berichtete er die letzten Neuigkeiten: „Ein Termin für die Geldübergabe wurde in einem weiteren Brief für die letzte Nacht angesetzt. Der Erpresste ist mit dem Geld – oder was er dafür hielt – zum angegebenen Treffpunkt gefahren und hat ihn dort abgestellt. Fast zwei Stunden hat der Koffer dort gestanden, aber niemand ist erschienen. Unsere Jungs haben ihn während der ganzen Zeit beobachtet."

„Das heißt, die Übergabe ist fehlgeschlagen?" Hensel nickte. „Und wie soll es nun weitergehen?" fragte Britta.

„Eigentlich ist das nicht außergewöhnlich. Man weiß, dass es oft beim ersten Mal schief geht."

Britta und auch Fritz waren zunehmend verstört. Wie lange sollte das denn noch so weiter gehen. Sie gingen zwar ihren Alltagsgeschäften nach, waren aber erneut verunsichert, Wieder beobachteten sie ständig ihre Umgebung, ob ihnen jemand irgendwo auflauerte. Jedes Mal, wenn sie den Zündschlüssel im Auto umdrehten, waren sie angespannt, ob es nicht vielleicht doch eine Explosion geben würde. Am Telefon horchten sie auf ein mögliches Klicken, das auf ein Abhören hindeutete. Wenn sie abends in das dunkle Haus zurückkamen, kontrollierten sie erst alle Räume, ob sich dort jemand versteckt hielt. Immer noch steckte Britta jeden Abend die Vorhänge mit Sicherheitsnadeln zu. Fast wäre es ihnen lieber gewesen, wenn endlich etwas passierte.

Aber es passierte nichts. Jeden Abend riefen sie noch immer bei Katja und Niklas an und berichteten vom Stand der Dinge. Die beiden machten sich große Sorgen, Britta meinte, manchmal mehr als sie selbst. Die Kinder wurden von Katja über die Lage unterrichtet. Wenn sie bei den Eltern anriefen, ging es um alltägliche Dinge. Sie ließen sich nichts anmerken.

Hensel erschien mehrere Tage nicht. Es war also weder in Dörnberg noch in ihrem eigenen Fall etwas Entscheidendes passiert. Vielleicht hatte der Erpresser doch den Mut verloren, oder es war etwas passiert, das ihn von seiner Tat abhielt?

10. Ruhige Tage

Die Tage blieben ruhig. Kein Besuch von Hensel, kein Brief vom Erpresser, kein Telefonanruf, kein besonderes Ereignis, kaum mal ein Polizeiauto, das langsam am Haus vorbeifuhr. Britta und Fritz begannen, ihren Alltag zu leben, wie sie es schon immer getan hatten.

Als erstes fuhren sie gelassen zum nächsten Supermarkt und kauften entspannt viel mehr ein, als sie in der nächsten Zeit essen konnten. Vielleicht waren sie auch dazu angeregt, weil zum ersten Mal das neue Ladenschlussgesetz galt. Die Geschäfte durften bis acht Uhr abends öffnen. Ein neues Einkaufsgefühl. So ging es offensichtlich auch anderen, denn die Läden waren voll mit Neugierigen, die das neue Am-Abend-Einkaufsgefühl nutzten.

Erst als sie zu Hause das Brot, den Käse, die Wurst, den Fisch, die Butter, das Olivenöl, die Kartoffeln, die Melone, den Kürbis, die Orangen und einiges mehr unterbringen mussten, merkten sie, dass sie in der nächsten Zeit kräftig würden essen müssen, wenn nicht einige der Kostbarkeiten in der Biotonne landen sollten.

Trotzdem sparten sie sich das Abendbrot und beschlossen, wieder einmal zum Seglertreff zu fahren. Ihre alten Segelkumpane hatte alle schon ihr Bier vor sich stehen und bereits begonnen, wie immer das Blaue vom Himmel herunter zu fachsimpeln. Da ging es um das neue Vorsegel, das Karl-Heinz sich anschaffen wollte, den Funkverkehr mit Norddeich Radio, der bei Manfred wieder nicht geklappt hatte, die Schwierigkeit, einen Spinnaker richtig einzustellen, neue Bezüge für die Matratzenauflagen im Vorschiff nähen zu lassen, die Chartergebühr für ein größeres Schiff, auf dem sie alle zusammen einmal wieder auf der Ostsee segeln wollten. Bei dem letzten Punkt redeten sie sich so in Begeisterung, dass dieser zukünftige Törn das beherrschende Thema des ganzen Abends blieb, und je mehr Bier sie bei der Vereinswirtin bestellten, umso mehr stieg die Begeisterung an der Idee einer gemeinsamen Fahrt.

Es war spät, als Britta und Fritz in ihr dunkles Haus zurückkamen. Sie mussten sich eingestehen, dass sie trotz der Entwarnung durch die Polizei immer noch so ängstlich waren, dass sie zuerst Licht in allen Räumen einschalteten und die Vorhänge zusammensteckten, bevor sie sich gemütlich niederließen.

Am nächsten Tag fuhr Britta mit ihren Freundinnen nach Fuldabrück zum Shoppen. Es gab dort so etwas wie einen Mini-Outlet für Modekleidung. Die Organisatorin fuhr gelegentlich nach Frankfurt, kaufte dort aussortierte Reste auf und verkaufte sie an Bekannte in ihrer Wohnung. Wie sie an die Schnäppchen kam, wollten die Frauen gar nicht wissen, sondern nur günstig schicke Fähnchen einkaufen, eine aufregende Sache! Es wurde anprobiert, verglichen, weggehängt, die Bügel hin und hergeschoben, beiseite gelegt, und zuletzt das ein oder andere natürlich sehr günstig gekauft. Britta war etwas enttäuscht. An den meisten Teilen, die sie anprobiert hatte, waren entweder die Ärmel oder die Hosenbeine zu kurz, und in manche Teile hätte sogar eine Schwangere gepasst. Das gefiel ihr nicht, auch wenn es gerade die Mode war. Auch gut, so hatte sie wenigstens Geld gespart, vielleicht für das nächste Mal.

Am nächsten Morgen fuhren Britta und Fritz zu ihrem gemeinsamen Zahnarzt. Dr. Nohl hatte sich zur Ruhe gesetzt und war in ein kleines Dorf in der Nähe gezogen. Einige Privatpatienten hatte er behalten, und so wurden ihre Zähne in fast häuslicher Atmosphäre in seiner Minipraxis kontrolliert, ausgebessert, gereinigt und poliert. Britta riet er, die vier Amalgamfüllungen möglichst bald entfernen zu lassen. Und dazu nannte er auch gleich den Kollegen, den er empfehlen könnte. Sie nahm sich fest vor, diese Behandlung so schnell wie möglich machen zu lassen, weil sie um die Gefährlichkeit dieser Quecksilberlegierung wusste.

Froh, mal wieder einen Zahnarzttermin hinter sich zu haben, fuhren sie unbeschwert nach Hause. Sie wussten nicht, liegt die Unbeschwertheit an der geschafften Zahnbehandlung oder an der sicheren Hoffnung, die gefährliche Situation der Morddrohung überstanden zu haben. Sie stellten fest, dass die Bäume schon fast die ganze Pracht ihrer farbigen Blätter verloren hatten. Es war Anfang November. Aber auch diese Jahreszeit hatte viel Schönes zu bieten,

Der Alltag hatte die beiden nun wieder. Die Unsicherheiten waren aber noch nicht ganz überwunden. Wenn ein Auto langsam an ihnen vorbeifuhr oder sie überholte, beobachteten sie es ängstlich, bis es so weit entfernt war, dass sie eine hinaus geworfene Bombe oder einen Schuss nicht mehr fürchten mussten. Manchmal sahen sie bei ihrem Hundespaziergang in der Ferne am Waldrand ein geparktes Auto. Dann drehten sie um und gingen in der anderen Richtung weiter.

Fritz hatte sich entschlossen, mit seinem Hund doch noch in die Altmark zu fahren. Eigentlich war das Treffen für die Schweißprüfung der Jagdhunde wegen geringer Beteiligung abgesagt worden. Hinzu kam, dass zwei Hunde einer Prüferin bei den wenigen angemeldeten dabei gewesen wären. Den ganzen Ärger über die Absage hatte diese auf Britta am Telefon abgeladen. Dabei war sie in ihrer Ausdrucksweise nicht zimperlich gewesen. Britta reagierte überrascht und belustigt. Sie wusste zunächst nicht, worum es überhaupt ging. Fritz war verärgert über ihren Ton und wies sie am Telefon zurecht: „Ich mag nicht, wenn Sie so unfreundlich mit meiner Frau sprechen. Sie hat gar nichts damit zu tun, wenn Herr Schulze absagt." „Den Besitzern der Hunde muss die Prüfung wohl sehr wichtig sein, wenn sie sich mit der Lappalie einer Terminverschiebung einen solchen Stress machen", meinte Britta. Ihr war ein solches Verhalten völlig unverständlich.

Zuerst war Fritz eigentlich ganz froh über die Absage gewesen, denn man konnte ja nicht wissen, was alles in der Zeit zu Hause passieren könnte. Da es jetzt aber doch noch zu einem Prüfungstermin kommen sollte, waren alle wieder zufrieden. Auch Fritz, er rief sich die Aufforderung von Hensel in Erinnerung, wieder in ein normales Leben zurückzufinden. Außerdem hatte er mit seinem Hund schon so lange auf diese Prüfung hin gearbeitet.

Als sie abends allein im Wohnzimmer des dunklen Hauses saß, merkte Britta, dass sie immer noch ängstlich auf jedes Geräusch im Garten, jedes Knacken in den Balken des Daches achtete. Das einstündige Telefongespräch mit Katja ließ sie ihre Sorgen nur für kurze Zeit vergessen. Wenn der Ast eines Baumes im Wind an der Hausmauer entlang strich, meinte sie, das Aufschieben eines Fenstervorhangs zu hören. In der Küche löste sich ein angeklebter Plastikhaken von den Fliesen, an dem eine Bürste hing und machte ein lautes Geräusch. Sie war fast sicher, dass dort ein Einbrecher stand und auf sie wartete. Nachts wagte sie es nicht mehr, bei geöffnetem Fenster zu schlafen, wie sie es bis in den November hinein gewohnt war. obwohl wegen der Hanglage des Hauses an dieser Seite das Fenster zwei Meter über dem Boden lag.

Aber beim Frühstück sah die Welt wieder freundlicher aus, die Sonne schien und die Schatten der Nacht verschwanden, nicht ganz, aber fast. Fritz kehrte zufrieden mit seinem Hund aus der Altmark zurück, und als sie abends wieder gemeinsam zusammen saßen, waren sie fast sicher, dass nun die schlimme Zeit vorbei war. Auch der Hund hatte Fritz nicht enttäuscht. Er hatte die Prüfung mit Bravour bestanden und war zum ‚Nachsuchenhund' befördert worden. Ruhig und mit sich zufrieden lag der Prüfling vor dem Kamin und genoss die entspannte Ruhe des Abends

11. Es wird ernst

Die Ruhe stellte sich als Täuschung heraus. Als Fritz am nächsten Morgen die Post aus dem Briefkasten holte, stellte er mit Schrecken fest, dass wieder ein unbeschrifteter Umschlag dabei war, der die gleiche Farbe hatte wie der erste Erpresserbrief. Etwas nervös stieg er die Treppe hinauf, nahm den Weg hinterm Haus zur Haustür, ging in sein Zimmer, setzte sich an den Schreibtisch und öffnete erst dann mit zittrigen Fingern den Umschlag. Schon auf den ersten Blick erkannte er die gleiche Schrift, das gleiche Papier. Nur der Text hatte sich geändert:

„Die Drohung der Organisation hat sich nicht
geändert. Ich akzeptiere, dass Sie den roten
Punkt nicht pünktlich anbringen konnten.
Wegen der Schwierigkeiten, in die Sie mich
gebracht haben, verlange ich jetzt 250.000 €.
Übergabe: am 4. November, 24.00 Uhr,
Hedemünden, Papierkorb neben dem Schuh-
container"

Der Zusatz am Ende des Briefes ließ ihn für einen Augenblick um seine Fassung ringen:

„Bei der kleinsten Unregelmäßigkeit geht der
bereits vorbereitete Sprengstoff hoch!!"

Fritz holte tief Luft und versuchte, sich zu beruhigen. Dann überlegte er, ob er Britta einweihen sollte. Aber eigentlich war das keine Frage. Sie würde ohnehin miterleben, wie jetzt wahrscheinlich alles wieder von vorne losging.

Er fand Britta in der Küche, wo sie das Frühstück vorbereitete. Als er das Fenster schloss, protestierte sie: „Das habe ich gerade geöffnet. Riechst du das denn nicht? Der Toaster hat gequalmt."

„Ich muss dir was zeigen. Kommst du mal mit ins Wohnzimmer?" Irritiert folgte sie ihm. Doch wohl nicht schon wieder eine schlechte Nachricht? Fritz wartete, bis sie sich gesetzt hatte und reichte ihr den Brief.

Sie reagierte wütend. „Soll das denn wieder alles von vorn losgehen? Ich habe das alles so satt. Können die denn nicht endlich mal die Sache zu Ende bringen?" Mit ‚die' meinte sie die Polizei, wie Fritz sich denken konnte.

In Wirklichkeit war ihr Ausbruch die Angst davor, alles noch einmal erleben zu müssen. Fritz legte seine Hand auf ihren Arm, obwohl er selbst auch am liebsten seiner Sorge und Wut nachgegeben hätte. Als sie sich beruhigt hatte, konnte sie ein paar Tränen nicht zurückhalten. Dann aber nahm sie sich zusammen und sie berieten, was als nächstes zu tun sei.

„Na ja, dasselbe, wie beim ersten Mal auch", meinte Fritz sarkastisch. „Aber jetzt könnte wieder die Gefahr bestehen, dass wir erneut abgehört werden. Deshalb können wir Hensel nicht so einfach anrufen."

„Ich habe eine Idee", meinte Britta nach kurzem Nachdenken. „Ich kenne doch seine Frau. Sie hat als ehrenamtliche Frauenbeauftragte ein Büro im Rathaus. Die kann ich anrufen."

„Aber die hat doch nach Hensels Aussage keine Ahnung von der ganzen Sache."

„Ich muss es eben so formulieren, dass sie was merkt und dann ihren Mann benachrichtigt. Ich kriege das schon hin."

„Du kannst es zumindest versuchen. Es ist unsere einzige Möglichkeit, die Polizei über die neue Sachlage zu informieren."

„Hallo Rita, hier ist Britta".

„Hallo Britta, was ist los? Sag bloß nicht, dass die Kabarettfrauen ihre Vorstellung für die nächste Woche abgesagt haben."

„Nein, nein, das ist es nicht. Ich brauche mal deine Hilfe. Eigentlich kann mir dieses Mal dein Mann besser helfen. Ich kann ihn nicht erreichen. Vielleicht kannst du das mal versuchen?"

Es entstand eine kurze Pause. Dann meldete sich Rita wieder, und ihrer zögerlichen Stimme war anzuhören, dass sie sich über diese Bitte wunderte.

„Das kann ich gerne machen".

„Mein Mann und ich haben ihn neulich kennen gelernt. Würdest du ihn bitten, uns zu Hause zu besuchen, und zwar möglichst schnell? Uns ist da zu dem Gespräch, das wir hatten, etwas Neues eingefallen."

Rita würde hoffentlich merken, dass da irgendetwas nicht stimmte.

„Gut, ich rufe ihn an", sagte sie munter.

„Vielen Dank und bis nächste Woche zur Vorstellung."

Als Britta den Hörer aufgelegt hatte, war sie nicht sicher, ob Rita wirklich verstanden hatte. Die Verschlüsselung war recht durchsichtig. Und hoffentlich hatten die Erpresser ihre Abhöranlage abgeschaltet, wenn es denn überhaupt eine gab, als sie ein Gespräch mit einer Rita, zu einem Termin und einer Kabarettvorstellung hörten.

Sie warteten zwei sehr lange Stunden, bis Hensel endlich an der Tür klingelte. Er hatte gleich Siko mitgebracht.

„Da bin ich aber sehr froh, dass sie doch noch kommen. Ich war schon besorgt, dass meine Nachricht nicht bei ihnen angekommen ist", begrüßte Britta die beiden Polizisten.

„Wir haben uns schon gedacht, dass irgendetwas nicht in Ordnung ist und entsprechend vorgearbeitet", erklärte Hensel die Verzögerung. „Die entsprechenden Leute sind bereits informiert."

Britta stellte ein Tablett mit Tassen und die Kaffeekanne auf den Tisch. „Der Kaffee wird vom langen Stehen leider schon etwas bitter sein."

„Keine Aufregung, jetzt sind wir ja da", versuchte Hensel Britta zu beruhigen und den versteckten Vorwurf zu entkräften.

Er streifte sich Handschuhe über und begutachtete das Erpresserschreiben.

„Das kann ich schon so sehen, Das ist dieselbe Schreibmaschine. Das muss gar nicht erst vom LKA untersucht werden." Und dann: „Ach sieh an, das ist der gleiche Übergabeort wie in Dörnberg."

Fritz und Britta waren erstaunt. Das hatten sie nicht gewusst. „Hat das etwas zu bedeuten?"

„Es könnte sein, das die Erpressung in Dörnberg der Test für die Übergabe sein sollte. Jedenfalls meint das das LKA. Wahrscheinlich hat der Erpresser dort beobachtet, wie die Polizei sich verhält. Aber es kann auch ganz anders sein."

Fritz und Britta mussten wieder einmal feststellen, wie unzureichend sie informiert wurden. Der aufkeimende Ärger wurde durch die Entwarnung aufgefangen, dass bis zur Übergabe zunächst keine Gefahr drohte. Ein Grund für das verspätete Eintreffen von Hensel heute waren wahrscheinlich auch wieder die internen Beratungen bei der Polizei, die offensichtlich bereits stattgefunden hatten,

Nachdem alle Vorsichtsmaßnahmen vor wenigen Tagen abgebaut und aufgegeben worden waren, jetzt also die ganze Prozedur von vorn: ein Tonband am Telefon, eine Fangschaltung zur Polizei, Bewachung des Hauses rund um die Uhr, merkwürdig herumstehende Figuren auf der anderen Straßenseite, langsam am Haus vorüber fahrende Polizeiautos, und vor allem die ständige Angst, wenn jemand an der Haustür klingelte, sei es nun der Postbote oder der Lieferant von Eismann, der die Tiefkühlwaren brachte. Keine schönen Aussichten. Neben der Angst stieg langsam in beiden auch Ärger hoch, über den Erpresser, die Polizei, den ständigen Stress, der kein Ende nehmen wollte.

„Jetzt wollen wir erst einmal den nächsten Tag planen." Hensel hatte seine Tasche wieder wie gehabt an das Tischbein gelehnt, und zog jetzt seine Unterlagen daraus hervor. „Morgen ist Ratssitzung, das haben wir intern schon besprochen."

„Ach so, das haben ihre Jungs also schon besprochen!" Man merkte Fritz an, dass er etwas verärgert war. „Gibt es denn noch etwas, das Sie nicht von uns wissen?"

„Wir machen das doch alles zu ihrer Sicherheit. Und wenn wir ihnen unsere Maßnahmen nicht alle mitteilen, geschieht das doch auch zu ihrer Entlastung, Sie würden sich sonst nur aufregen." Hensel sah zu Britta hinüber, die ihre Hand beruhigend auf die ihres Mannes legte.

„Bevor Sie morgen zur Ratssitzung fahren, werden wir ihr Auto kontrollieren, und zwar werden wir einen Peilsender installieren und es auf Sprengstoff untersuchen. Es wäre gut, wenn es in der Garage stünde, damit keiner etwas davon merkt. Zur Sitzung parken Sie den Wagen auf dem Schlossplatz, und wir stellen jemanden ab, der es während der Sitzung beobachtet. In der Ratsitzung selbst werden Sie persönlich bewacht. Keine Sorge, davon merkt niemand etwas, Sie selbst auch nicht."

„Wie wollen Sie das denn anstellen?"

„Unser Mann sitzt wie ein normaler Bürger unter den Zuhörern. Wir wissen, dass in der Tagesordnung kein Punkt verhandelt wird, der den Ausschluss des Publikums verlangt."

„Dann wissen Sie mehr als ich".

„Das mag sein, aber wir haben unsere sicheren Quellen."

Damit war das Thema offensichtlich abgeschlossen, denn die ‚sicheren Quellen' nannte Hensel nicht. Fritz stand auf als Zeichen, dass er keine weiteren Fragen dazu stellen würde.

„Im Übrigen gelten alle Regeln wie zu Anfang. Sie sollten aufmerksam alle Auffälligkeiten beachten, auch wenn sie nur minimal sind und wir davon ausgehen, dass in den Tagen bis zur Übergabe zunächst mal nichts passiert. Also keine Entwarnung!"

Als die beiden Polizeibeamten gegangen waren, versuchten Britta und Fritz, ihren Unmut und ihre Sorge beim Mittagessen zu vergessen.

12. Das spannende Ende

Am Übergabetag stand morgens plötzlich Alex, der jüngste Sohn, vor der Tür. Natürlich freuten sich Fritz und Britta, aber sie waren auch beunruhigt.

Wir Kinder machen uns große Sorgen, und da haben wir ausgemacht, dass wenigstens einer von uns bei euch sein sollte. Vielleicht kann ich irgendwie helfen."

„Dafür ist die Polizei da", sagte Fritz etwas strenger als er wollte, aber trotzdem hatte er ein gutes Gefühl.

„Ich bin gekommen, weil wir Kinder uns um die Nerven unserer Eltern sorgen, nicht um der Polizei beizustehen."

Britta fand es plötzlich irgendwie entspannter, aber das sagte sie natürlich nicht. Als erstes setzte sie Alex ein spätes Frühstück vor. Sie wusste, dass der Junge immer Hunger hatte, und wie erwartet schlug er auch kräftig zu. Er war erleichtert, denn er fand seine Eltern in einem besseren Zustand vor als erwartet.

Da am Vormittag noch keine Gefahr war, hatten sie genügend Zeit, sich in aller Ruhe von den letzten Ereignissen zu erzählen. Britta empfand es als angenehm, über die Aufregungen der letzten Tage zu berichten. Sie merkte, dass ihr doch sehr die Angst und Aufregung auf der Seele lagen.

„Wir wussten immer, was hier bei euch passierte. Einer von uns hat jeden Tag bei Katja angerufen und den neuesten Stand erfahren und dann an die anderen weitergegeben. Wir haben täglich überlegt, wie wir euch helfen können. Erst jetzt, wo die Sache konkret wird, haben wir uns dazu entschlossen, eine Abordnung zu schicken," und lachend fügte er hinzu: „die jetzt natürlich bald alles im Griff haben wird."

„Es ist schön, dass du da bist", Britta streichelte seine

Hand, „auch wenn du eigentlich gar nichts tun kannst. Aber erzähl doch mal von den Kindern. Geht es euch allen gut? Freut Malte sich auf die Schule? Vertragen sich die Zwillinge?" Alex konnte gar nicht so viel berichten, wie Britta wissen wollte.

Sie rechnete ihm hoch an, dass er gekommen war, um ihnen eine Stütze zu sein, weil er sich Sorgen um seine Eltern machte. Dabei hatte er genug mit sich selbst zu tun. Er war alleinerziehend und war ein Vater geworden, der gewissenhaft und so gut er konnte die Kinder versorgte, erzog und ihnen liebevoll Vater und Mutter zugleich war. Jetzt hatte er sie in der Obhut von Giese, seiner Nachbarin, zurücklassen müssen.

„Das ist aber nett von Giese, dass sie das auf sich nimmt. Das ist ja keine Kleinigkeit."

Was Britta zu diesem Zeitpunkt noch nicht wusste, dass aus der Nachbarin bald seine Ehefrau werden würde. Dabei beließ Alex es auch. Im Augenblick hatten sie andere Sorgen.

Am Nachmittag machte Fritz mit Alex einen kleinen Rundgang durch den Garten. „Haben sich Leute von der Polizei wirklich hier im Garten verbergen können, um euch zu bewachen?" Suchend sah Alex sich nach Verstecken um. Er dachte an die Krimis im Fernsehen, in denen ein Verbrechen aus der Sicht der Ermittlungen der Polizei geschildert wurde. Deshalb glaubte jeder Zuschauer zu wissen, wie die Polizei arbeitete. „Ich kann mir das gar nicht vorstellen."

„Wir auch nicht, aber Hensel meint, seine Jungs hätten das so gut drauf, dass es keiner merkt." Man merkte Fritz an, dass er Zweifel an diesem Versprechen der Polizei hatte.

Hensel kam am Nachmittag. „Wer sind Sie denn?", fragte er erstaunt und mit einem Unterton der Missbilligung, als er Alex sah. Auch als man ihm die Situation erklärt hatte, konnte er nichts Gutes daran finden. „Ich verstehe Sie ja, aber jetzt müssen wir auf eine weitere Person aufpassen."

Weil es schon dunkel wurde, überprüfte er, ob alle Fenster geschlossen und die Vorhänge vollständig zugezogen waren. Dann sah er sich alle Zimmer genau an.

„Nicht, dass Sie denken, ich bin neugierig, ich suche nach Stellen im Haus, die Schutz bieten könnten, sollte jemand versuchen, hier einzudringen."

Fritz war erstaunt, denn das hatte Hensel bisher nicht gemacht.

„Bisher hatten wir auch noch keinen Übergabetermin."

Er setzte sich an den Tisch, an dem er inzwischen schon seinen Stammplatz hatte, stellte seine Tasche an das Tischbein und ließ sie dort im Gegensatz zu sonst geöffnet stehen.

„Ich muss mit ihnen noch einige Regeln für heute Abend besprechen", begann er. „Zuerst etwas Unangenehmes. Sie brauchen sich aber nicht aufzuregen. Die Jungs haben alle Maßnahmen getroffen."

In Fritz und Britta stieg wieder die anfängliche Aufregung hoch. Was war jetzt wieder passiert? Hatte er neue Informationen?

„Wir müssen damit rechnen, dass der Erpresser anders vorgeht als er in seinem Brief mitteilt. Er wird inzwischen wissen, dass die Polizei informiert ist und die Übergabe dadurch äußerst gefährlich für ihn ist. Um sicherer zu sein, wird er unter Umständen seinen Plan ändern. Eine solche Möglichkeit hätte er, wenn er Britta entführt und so besser an das Geld kommt."

Als Britta verstanden hatte, was er da sagte, musste sie tief Luft holen. So hautnah war ihr die Gefahr bis jetzt nicht gekommen. Fritz stand wortlos auf und ging in sein Zimmer. Im Wohnzimmer hörten sie, wie er den Tresor öffnete und nach kurzer Zeit wieder schloss. Er kam mit seiner Pistole zurück, die er als Jäger für die Fangschüsse für das Wild brauchte. Bis jetzt hatte er sie nur einmal benutzen müssen, als nämlich ein Reh auf einer Straße in seinem Revier von einem Auto angefahren worden war und er das Tier mit einem Schuss von seinen Qualen erlösen musste.

„Von einer Waffe haben Sie mir bis jetzt nichts gesagt", meinte Hensel vorwurfsvoll.

„Ich hatte auch nicht vor, sie zu benutzen. Ich schieße damit nicht auf Menschen. Aber in diesem Fall!" Fritz sah besorgt zu Britta, die sich wieder von ihrem ersten Schreck erholt hatte.

„Legen Sie die Waffe bitte an die Seite, und benutzen Sie sie nur, wenn es gar nicht anders geht!"

„Das hatte ich ohnehin vor. Aber ich werde sie laden und in meiner Nähe für alle Fälle bereit legen." Man sah Hensel an, dass ihm bei dem Gedanken nicht so ganz wohl war.

„Sollte sich jemand an der Haustür bemerkbar machen oder klingeln, dann weichen Sie sofort in den Schrankflur aus oder, wenn das nicht mehr geht, stellen Sie sich an den Kamin, damit Sie vom Eingang aus nicht erreicht werden können." Mit ‚nicht erreicht' meinte Hensel wohl ‚nicht getroffen'.

„Sollten Sie in der Küche sein, bietet der fensterlose Kühlraum Schutz, den sie dann von dort aufsuchen können." Und dann ging es weiter: „Gleich kommen einige Jungs vom MEK, mit denen werden wir über die Übergabe des Geldes reden."

Alex rutschte unruhig auf seinem Stuhl hin und her. So konkret gefährlich hatte er sich das alles bis jetzt noch nicht vorstellen können. Er stand auf und holte sich eine Flasche Bier aus dem Kühlraum. „Möchte sonst noch jemand eine Flasche?" Als sich keiner meldete, setzte er sich wieder.

„Wieso sagen Sie MEK? Im Krimi heißt es doch SEK. Ist das ein Unterschied?" fragte er Hensel.

„Es gibt beides", antwortete Hensel und als er sah, dass Alex sich nicht mit der kurzen Antwort zufrieden geben würde, gab er etwas genervt Auskunft: „MEK heißt Mobiles Einsatzkommando. Nach der Geiselnahme damals in München wurde es zusammengestellt. Es wird nur bei schwerwiegenden Verbrechen eingesetzt, z. B. bei organisierter Kriminalität oder der Terrorismusbekämpfung."

„Glauben Sie, dass es sich bei uns um einen Terroristen handelt?" fragte Britta mit zittriger Stimme.

„Das wissen wir noch nicht. Aber wir müssen damit rechnen."

Hensel schien in Fahrt zu kommen. Vielleicht dachte er an den letzten Lehrgang, bei dem er in Hannover vor einigen Monaten den jungen Polizeianwärtern aus der Praxis berichtet hatte.

„Der geplante Zugriff bei den SEK's, den Sonder- inzwischen eher Spezialeinsatzkommandos, erfolgt meistens, wenn der Täter sich in einer Bank oder einer Wohnung befindet, Das MEK ist eher dazu ausgebildet, Täter aus dem Laufen oder Fahren festzunehmen." Er merkte, dass er ins Dozieren kam, hielt inne, griff zu seiner Tasse und bat um Kaffee.

Fritz, dem die Präsenz von Polizei durch seine politische Tätigkeit nicht ganz so ungewohnt war, versuchte nach einer kurzen Pause ein weniger aufregendes Gesprächsthema zu finden. „Hast du schon bemerkt, dass die Obstbäume in unserem Garten alle weg sind?" wandte er sich an Alex. Der nickte nur und ging nicht weiter auf diesen Versuch des Themenwechsels ein. Aber Fritz erzählte munter von dem Gestrüpp, das auf dem Rasen gelegen hatte und das sie zur nächsten Annahmestelle gefahren hatten. „Stell dir vor, jedes Mal in ein Dorf hinter Witzenhausen. Da habe ich eine ganze Menge Kilometer abgefahren." Britta mischte sich ein. „Das konntet ihr aber erst abfahren, nachdem Katja und ich es gebündelt hatten. Ich habe jetzt noch ganz verschrammte Arme." Alex merkte die Absicht; „Ist ja schon gut, ich habe mich schon wieder abgeregt."

Um sieben Uhr am Abend trafen drei junge Polizisten ein. Sie waren alle etwas pummelig geraten, wie Britta fand.

„Wir sind vom MEK Kassel. Ich werde den ganzen Abend hier bleiben und die Aktionen koordinieren. Nennen Sie mich Matze. Mehr brauchen Sie von meinem Namen nicht zu wissen. Meine beiden Kollegen halten sich hauptsächlich draußen in der Nähe der Haustür auf."

Dann schlug er sich mit der flachen Hand auf seine Brust. „Ich sehe Ihnen an, dass Sie sich über unsere Figur wundern", wandte er sich an Britta, „aber wir sind normalerweise etwas schlanker". Britta hatte längst bemerkt, dass sie dicke Schutzwesten trugen. Alle lachten.

„Sie kommen aus Kassel?", fragte Fritz, „das ist Hessen, wir sind hier noch Niedersachsen, auch wenn wir am südlichsten Zipfel wohnen".

„Wir sind tatsächlich ganz in der Nähe. Deshalb hat das SEK Niedersachsen uns um Unterstützung gebeten, Außerdem sind wir ja schon im Fall Dörnberg aktiv geworden, da liegt eine Zusammenarbeit nahe."

Dann machte er sich an dem angeschlossenen Funkgerät zu schaffen, unterhielt sich mit irgendwelchen Gesprächspartnern und sagte ständig ‚in Ordnung'. Hensel hatte sich zu ihm gesetzt und hörte aufmerksam zu. Fritz, Britta und Alex konnten nicht herausfinden, worum es am Funkgerät ging.

Sie verschwanden in der Küche, um das Abendessen vorzubereiten. Fritz spendierte seine sehr geschätzten Fischspezialitäten, die vor einigen Tagen von einer Firma aus Schleswig-Holstein eingetroffen waren, und die er eigentlich für das nächste Familientreffen bestellt hatte. Und so lud nach kurzer Zeit ein üppiges Büffet verführerisch zum Essen ein, als ginge es hier nicht um ein ernstes, aufregendes Problem, sondern um eine unbeschwerte Party. Aber da die Übergabe erst in einigen Stunden stattfinden sollte, gab es tatsächlich auch für die ‚Jungs' Zeit, von den Köstlichkeiten zu naschen, oder wie es Alex tat, sich richtig darüber herzumachen. Auch die beiden, die draußen alles Verdächtige im Blick halten sollten, waren hereingerufen worden. Als es später ernst wurde, standen immer noch appetitliche Reste auf dem Tisch. Als Getränk hatte es leider nur Wasser gegeben, da alle fit bleiben mussten

13. Die Übergabe

Je später es war, umso bedrückender wurde die Stimmung. Britta lief aufgeregt umher und musste von Hensel gebeten werden, sich am Tisch neben ihn zu setzen. Schließlich war sie an diesem Nachmittag die Person, die bewacht werden musste. Ab und zu tastete er nach seiner Tasche und versicherte sich, dass sie noch dort stand. Fritz hatte wegen der Anspannung ein rotes Gesicht. Alex hatte sich eine zweite Flasche Bier aus dem Kühlraum geholt.

Am Schrank lehnte eine Plastiktüte. Matze hatte sie, gleich nachdem er gekommen war, dort abgestellt. Als Britta mit der Bemerkung „soviel Geld habe ich nie zusammen gesehen", danach griff, nahm Matze ihr die Tüte schnell aus der Hand. „Das lassen Sie bitte! Das ist besser für Sie." Etwas verdutzt setzte sich Britta. War etwa gar kein Geld in der Tüte? Vielleicht nur wertlose Zeitungsschnipsel? Ja sicher, so musste es sein, als erfahrene Krimiguckerin kannte sie die Tricks der Polizei. Niemand erfuhr jemals, was wirklich in der Tüte war.

Dann wandte Hensel sich an Fritz. „Wenn Sie mit ihrem Hund ins Revier fahren, nehmen Sie die Strecke nach Hedemünden durch den Wald, nicht wahr?" Fritz wunderte sich, woher sie das denn nun schon wieder wussten. „Deshalb fahren wir unten durch die Stadt, über die Brücke und dann über die B80."

„Wieso wir?"; Fritz war erstaunt. Bisher war er davon ausgegangen, dass er allein das Geld zur Übergabestelle bringen würde.

„Wir überlegen noch, wie wir die Übergabe am besten und sichersten hinkriegen." Mit ‚wir' meinte Hensel wohl wieder die für Fritz und Britta unsichtbare Organisationsgruppe der Polizei, von denen sie bisher noch niemanden gesehen hatten und die für sie völlig anonym im Hintergrund arbeitete.

Offensichtlich waren aber deren Pläne inzwischen konkret geworden, denn jetzt schaltete sich Matze ein. „Wir haben uns entschlossen, dass einer von uns die Übergabe macht, und zwar ich selbst."

Fritz sah überrascht erst ihn, dann Hensel an. Bevor er aber irgendetwas sagen konnte, mischte sich Britta ein: „Ich finde das gut. Überleg doch mal, wie gefährlich das Ganze werden kann." Ohne auf eine weitere Bemerkung von Fritz zu warten, begann Matze den genauen Plan zu erläutern.

„Wir müssen als eine Möglichkeit in Erwägung ziehen, dass der Erpresser ihren Wagen schon unterwegs stoppen könnte. Sie selbst würden anhalten, wenn ein vermeintlicher Polizist mit einer roten Kelle am Straßenrand winkt. Auch bei einem provozierten Unfall können wir uns besser helfen. Schon der Weg zur Übergabestelle ist viel zu gefährlich. Deshalb sind an der Straße in Abständen von einigen hundert Metern unsere Jungs versteckt, damit sie in jeder Situation sofort eingreifen können. Sie wären in drei Sekunden bei uns."

Matze sah zu Hensel hinüber, der offensichtlich von dieser neuesten Entscheidung nichts wusste und ein wenig verärgert schien. Er sagte aber nichts und griff nur wieder mal zu seiner Tasche, als wenn er sich überzeugen wollte, dass sie noch am gleichen Ort stand.

„Zwei von den Jungs bleiben hier, um gemeinsam mit Hensel eine Entführung Brittas zu verhindern", fuhr Matze fort. „Die anderen sind am vom Erpresser angegebenen Übergabeort, und zwar auf der Wiese, die sich hinter der Bushaltestelle befindet, sodass sie sofort zugreifen können, wenn sich der Erpresser zeigt. Auf der anderen Seite der

Straße haben wir in einem Möbelgeschäft eine Nachtsicht-kamera aufgebaut, mit der wir alles verfolgen können, was sich um den Übergabeort abspielt."

Wahrscheinlich war diese genaue Beschreibung eher für Hensel gedacht, denn er guckte immer noch etwas verkniffen.

„Glauben Sie denn wirklich, dass der Erpresser nicht merkt, dass ich nicht selbst am Steuer sitze?", fragte Fritz.

„Natürlich würde er das gleich erkennen. Aber ich werde natürlich mit ihrem Auto fahren, Klamotten von ihnen tragen und mir ihren Hut tief ins Gesicht ziehen. Eine Jägerjacke und ein Jägerhut wäre am besten."

„Und Sie meinen, das klappt?"

„Warum denn nicht? Es ist dunkel."

„Und wenn er Ihnen mit einer Taschenlampe ins Gesicht leuchtet?"

„Es kommt dann alles auf den Überraschungsmoment und meine Schnelligkeit an. Machen Sie sich keine Sorgen, Darauf sind wir trainiert."

„Und wenn es nicht klappt?"

„Das ist das Risiko meines Berufs."

Es war 21.30 Uhr. Matze beschäftigte sich mit dem Funkgerät, ein meterhoher schwarzer Schrank im Wohnzimmer. Ab und zu wurde eine Autonummer durchgegeben. Es waren Nummern von Fahrzeugen, die öfter als einmal am Haus vorbeifuhren, oder Meldungen der Einsatztruppe über den Stand der Vorbereitungen vor Ort oder irgendwelche merkwürdigen Codes.

Jetzt mussten sie nur noch warten. Inzwischen waren zwei Jungs ins Haus gekommen. Sie machten sich mit den Örtlichkeiten vertraut. Und als das erledigt war, setzte ihnen Britta noch einige Leckereien vor, die vom Abendessen übrig geblieben waren. Offenbar hatten sie keine Probleme mit der Aufregung, denn sie aßen mit sehr gesundem Appetit. Es wurde wenig geredet. Sie verbreiteten Gelassenheit und halfen Britta und Fritz gegen die steigende Nervosität.

Gegen 22.25 Uhr begann Matze sich auf seinen Einsatz vorzubereiten.

„Jetzt machen wir mal eine kleine Modenschau." Offensichtlich wollte er die Stimmung auflockern, aber Fritz und Britta konnten das nicht so sehr witzig finden. Zuerst probierte Matze den grünen Lodenmantel von Fritz an und schlenderte damit wie ein Model durch das Zimmer. Er war kleiner als Fritz, der Mantel hing ihm fast bis auf die Füße. Dann brachte Fritz eine Jacke, auch dunkelgrün. Beide passten Matze, als seien sie, bis auf die Länge des Mantels, für ihn gemacht.

„Ich nehme die Jacke. Sie hat einen höheren Kragen. In dem Mantel kann ich mich nicht so gut bewegen, wie es vielleicht nötig wird."

Er begann, die Taschen der Jacke auszuleeren, wobei er theatralisch jedes Teil einzeln hochhob, es in die Runde zeigte und auf den Tisch legte: einen Tennisball, einen Bindfaden, ein Paket Papiertaschentücher, ein Feuerzeug, ein Hundeplätzchen, einen Plastikbeutel und einen schmutzigen Handschuh.

„Das braucht man alles, wenn man mit dem Hund unterwegs ist", versuchte sich Fritz zu verteidigen. Alle lachten.

Neugierig beobachteten Britta, Fritz und Alex, wie sich Matze endgültig fertig machte. Zuerst eine kugelsichere Weste, dann Pistolen an den Gürtel rechts und links, dann die Jacke von Fritz, noch eine Pistole in die Tasche.

„Haben Sie einen grünen Schal, damit ich mein Gesicht noch besser verbergen kann?"

Fritz holte einen dicken langen grünen Wollschal. Als Matze einen Jägerhut aufgesetzt hatte, war tatsächlich das

Gesicht von Matze kaum noch zu erkennen. Er sah jetzt aus, wie ein richtiger Jäger.

„Wenn es nicht so ernst wäre, könnte ich Spaß an dieser Modenschau finden", meinte Britta.

„Das Auto ist auch sauber, kein Sprengstoff, nichts. Jetzt kann es losgehen." Ein seltsamer Versuch Matzes, Optimismus zu verbreiten, fand Britta.

Hensel blieb allein mit Britta, Fritz und Alex zurück. Die beiden ‚Jungs' waren irgendwo draußen. Hensel saß in konzentrierter Aufmerksamkeit am Tisch. Alle horchten auf Geräusche von draußen. Sie warteten. In kurzen Abständen sah Hensel auf seine Armbanduhr.

Nach vierzig Minuten stand Alex auf, um sich neues Bier aus dem Kühlraum zu holen. Britta hatte gerade beschlossen, ein wenig aufzuräumen, als es an der Haustür klingelte. Die Jungs konnten es nicht sein, die hatten einen Schlüssel.

Britta flüsterte: „Was soll ich denn jetzt machen?"

Hensel sagt nur: „Weg von der Tür!" und schob sie in Richtung Schrankflur. Er griff nach seinem Köfferchen, das wie immer neben seinem Stuhl stand, holte unter einigen Papierblättern seine Pistole hervor, sprang, jeweils seitlich Deckung nehmend, auf die Eingangstür zu. Fritz flüchtete zum Kamin, Britta in den Schrankflur und Alex blieb mit zwei Flaschen in der Hand an der Tür zum Kühlraum stehen. Sie hörten das metallische Entsichern der Pistole und verharrten entsetzt an den ihnen vorher zugewiesenen Schutzplätzen.

Bevor sie aber die Situation auch mit dem Kopf richtig erfassen konnten, hörten sie Matzes Stimme: „Ich bin es doch nur."

Er war viel früher zurück als beabsichtigt. „Jetzt beginnt die Arbeit am Übergabeort", meinte er, sichtlich erleichtert, dass bisher alles nach Plan verlaufen war.

„Die Straße an der Bushaltestelle ist bis zur nächsten Kreuzung abgesperrt. Auf der Wiese hinter der Haltestelle liegen unsere ‚Moltopren- Männer', und die Fluchtwege werden überwacht", erzählte er. „Jetzt können wir hier nichts mehr tun. Es sei denn...".

„... es sei denn?", unterbrach ihn Britta, immer noch aufgeregt.

„Es sei denn, sie würden hier doch noch einen Versuch machen, Britta zu kidnappen, was aber immer unwahrscheinlicher wird, je später es ist."

Als sich zu dem vom Erpresser angesagten Übergabetermin 12.00 Uhr nichts ereignete, kochte Britta erst mal wieder eine Kanne Kaffee, denn es sah aus, als würde es eine lange Nacht. Ab und zu erhielt Matze Funksprüche und Hensel Anrufe auf seinem Funktelefon. An der Übergabestelle erschien niemand. Trotzdem herrschte allgemein gespannte Aufmerksamkeit. Nebenbei schlürften alle ihren Kaffee, manchmal kam auch eine kleine Unterhaltung über Nebensächlichkeiten zustande, oder jemand lief im Haus herum, um sich wach zu halten.

Als um 2.15 Uhr immer noch nichts passiert war, wurde die Aktion auf 5.30 Uhr verlängert.

„Denkt ihr dabei auch an die Jungs in der Wiese?", fragte Hensel. Es folgten dazu wohl einige witzige Kommentare, die aber Fritz und Britta wegen zunehmender Geräusche in den Funkgeräten nicht verstanden. Das bleierne Warten ging weiter. Längst waren die beiden Jungs auch wieder ins Haus gekommen. Alle warteten halb gespannt, halb gelangweilt, dass endlich ein positiver Funkspruch kam.

Um 4.20 Uhr kam er endlich: „Zugriff erfolgt!"

14. Das Nachspiel

Als erstes holte Fritz eine Flasche Sekt aus dem Kühlraum. Die Unsicherheiten hatten ein Ende. Nicht nur für diese Nacht, sondern es bestand die Aussicht, dass sie ihr Leben wieder ins normale Fahrwasser gleiten lassen konnten, und zwar mit aller Gelassenheit und Sorglosigkeit. Als Britta auch Gläser für Hensel, Matze und die Jungs auf den Tisch stellte, sie nannte sie inzwischen genau so „die Jungs" wie Hensel, winkte Hensel ab. Er hatte seine Tasche, die er den ganzen Abend immer wieder kontrolliert hatte, an die Seite gestellt. Matze zog gerade seine kugelsichere Weste aus, und die beiden Jungs standen schon an der Haustür zum Abgang bereit.

„Wir müssen jetzt sofort zum Tatort", erklärte Hensel die Eile und zog dabei seine Jacke an. „Der Täter muss so schnell wie möglich verhört werden, solange er noch aufgeregt ist. Dann kriegen wir mehr aus ihm heraus. Wenn er sich erst einmal beruhigt hat, kann er sich neue Strategien ausdenken, vielleicht wie er seine Komplizen raushalten oder wie er seine eigene Lage verbessern kann."

Hensel hatte immer hastiger gesprochen. Als er schon an der Haustür stand, -Matze und die beiden Jungs waren längst schon weg,- sagte er noch: „Lassen Sie aber vorerst die Vorhänge noch dicht geschlossen und schließen Sie hinter mir die Haustür ab. Morgen komme ich und berichte, wie es in Hedemünden weitergegangen ist."

Damit verließ er eilig das Haus und kurz darauf hörten sie, wie die Motoren der Autos angelassen wurden.

Den Zurückgebliebenen schien es sehr still im Haus, als sie plötzlich alleine am Tisch saßen. So viele Stunden hatten sie mit den Polizisten gemeinsam verbracht, sodass sie sich jetzt zurückgelassen und unbeschützt vorkamen. Auch Hensels Aufforderung, Fenster und Türen verschlossen zu halten, verunsicherte sie. Ging man etwa davon aus, dass es außer dem Festgenommenen weitere Mitglieder einer Tätergruppe gab?

Aber die Erleichterung überwog. „Na, dann prost!", Fritz hob sein Glas, „auf das glückliche Ende dieses aufregenden Abenteuers."

Langsam löste sich die Anspannung, die Stimmung schlug um, die Unterhaltungen wurden lauter, das Lachen häufiger, die Reden schneller. Sie riefen sich die Ereignisse der letzten Tage in Erinnerung, so als wolle man sie durch das Erzählen als erledigt zu den Akten legen.

Dann suchte jeder sein Bett auf und versuchte, noch ein wenig zu schlafen, was trotz der Übermüdung nicht so recht gelingen wollte. Und so saßen denn alle drei nach wenigen Stunden am Frühstückstisch, noch erschöpft, aber entspannt.

Wieder und wieder sprachen sie von den vielfältigen Aufregungen der letzten Nacht und waren immer noch dabei, als Hensel klingelte, den sie mit Spannung erwartet hatten. Als gehörte er zur Familie, setzte er sich sofort zu ihnen an den Tisch, Er sah müde aus. Britta holte eine Tasse für ihn, und alle warteten gespannt auf seinen Bericht.

„Der Täter wurde direkt am Tatort überwältigt. Er leistete keinen Widerstand." „Was war das denn nun für einer?" Britta konnte kaum erwarten, über den Täter mehr zu erfahren.

„Er wohnt in Hedemünden. Ich bin sofort mit ihm in seine Wohnung gefahren. Den Durchsuchungsbeschluss hatte ich mir schon gestern besorgt. Für uns war es wichtig zu wissen, ob weitere Personen beteiligt waren. Deshalb auch unsere Eile, schnell zum Tatort zu kommen, bevor mögliche Komplizen von der Festnahme erfahren würden."

Nachdem Hensel einen Schluck aus seiner Kaffeetasse genommen hatte, berichtete er weiter: „In der Wohnung fanden wir nur seine Freundin. Kein Komplize, keine weiteren Helfer. Und wir fanden die Schreibmaschine, auf der der Erpresserbrief geschrieben wurde. Er und seine Freundin wurden festgenommen und nach Göttingen gebracht. Sein Name ist Stefan Klens."

„Das war mal ein Schüler von mir", rief Britta überrascht dazwischen. Hensel nickte nur. Bei dieser überraschenden Mitteilung machte sich bei Fritz, Britta und Alex Erleichterung breit.

„Dann kann es keine terroristische Bande gewesen sein?", meinte Fritz halb feststellend, halb fragend an Hensel gewandt.

„Nein, sicher nicht!"
Nun konnten sie wirklich endgültig froh und unbesorgt sein. Es würde nichts mehr nachfolgen. „Hoffentlich nicht!" dachte Fritz. Alex nahm seine Mama in die Arme und küsste sie auf die Wange. „Herzlichen Glückwunsch!"

„In Göttingen haben wir ihn verhört. Drei Stunden hat er geleugnet, überhaupt etwas mit der ganzen Sache zu tun zu haben. Er sei nur zufällig an der Haltestelle vorbeigekommen. Dabei haben wir in seiner Wohnung sogar Entwürfe für den Erpresserbrief im Abfalleimer gefunden."

Hensel will dann gesagt haben: „Hör mal, Junge, erzähl doch einfach von Anfang an. Du wirst sehen, das erleichtert."

„Wissen Sie, zuerst sehe ich nur die Tat und will den Täter schnappen. Wenn ich ihn aber habe, sehe ich nur noch den Menschen."

„Ja, und?"
„Dann packte Klens aus."

Und endlich erfuhren sie die ganze Geschichte.

„Wie das ^häufig so ist: Der Junge brauchte Geld. Er hatte über seine Verhältnisse gelebt. Später war er arbeitslos geworden, weil er nicht pünktlich zur Arbeit erschien. Also nahm er sich das Telefonbuch vor, suchte nach Namen mit einem ‚Dr.' davor und stieß zufällig auf den Namen von Fritz. Dabei fiel ihm ein, dass er eine ‚nette Lehrerin' gehabt hatte, die genau so hieß. Mit der hatten sie einmal im Politikunterricht einen Besuch im Niedersächsischen Landtag gemacht, wo sie deren Mann als Abgeordneten antrafen, der sie im Besucherraum begrüßte, sie dann im Gebäude herumführte und die Funktion der einzelnen Räume erklärte. Zuletzt seien sie im Plenarsaal gewesen. Und wenn man Abgeordneter und Lehrerin ist, da kommt schon einiges Geld zusammen. Die können mir dann ordentlich davon abgeben, und die werden das Geld schon aufbringen können, hatte er sich gedacht."

„So einfach ist die Welt also. So stellen sich die Leute das vor." Fritz war betroffen, obwohl oder vielleicht weil er solche Argumente öfter zu hören bekam. „Wenn das alles so zuträfe, hätte ich sicher ein volles Konto und könnte solche Summen, wie dieser Klens sie gefordert hat, leicht locker machen. Aber die Leute wissen nichts über unsere Ausgaben."

„Na komm schon. Wir nagen nicht am Hungertuch", warf Britta dazwischen.

„Ja, die Wahrheit liegt wie meistens dazwischen."

Britta merkte, dass Fritz sich ärgerte. „Dass wir genau wie alle anderen Menschen unseren Kredit vom Hausbau abzahlen müssen, das wollen solche Leute ja nicht wissen."

„Übrigens, seine Freundin mussten wir wieder laufen lassen. Wir konnten ihr nicht nachweisen, dass sie bei der ganzen Sache mitgeholfen hat. Sie behauptet sogar, dass sie nichts gewusst habe und dass sie sehr enttäuscht sei von ihrem Freund."

„Und wie geht es jetzt weiter?", fragte Alex.

„Na ja, wir haben das Geständnis und damit kommt er bis zum Prozess, der ihm beim Landgericht Göttingen gemacht werden wird, in Untersuchungshaft."

Die Erleichterung und das Ende der Anspannung bei allen machten sich bemerkbar. Sie erfanden immer abstrusere Geschichten, was alles noch hätte passieren können. ‚Wenn er das gemacht hätte' oder ‚er hätte doch nur' oder ‚besonders das hätte noch gefehlt'. Als ihnen nichts mehr einfiel, wurde Hensel wieder ernst.

„Jetzt können wir über die Harmlosigkeit des naiven Erpressers lachen, aber wir haben uns große Sorgen gemacht. Wenn wir nämlich niemanden hätten festnehmen können, wäre die Lage sehr ernst geworden."

Mit einem Schlag war das Gelächter verstummt. Gespannt warteten alle auf das, was denn noch hätte passieren können.

„Wir hatten diese Möglichkeit bereits besprochen, ihnen aber nichts davon mitgeteilt, um sie nicht noch mehr zu beunruhigen. Wir mussten davon ausgehen, dass der Polizeieinsatz trotz aller Vorsichtsmaßnahmen bemerkt worden ist. Auch ihr Name war am nächsten Morgen nach der Festnahme schon im ganzen Dorf bekannt. Ich hatte so sehr gehofft, ihn geheim halten zu können."

„Was wäre denn passiert, wenn der Klens es nicht gewesen wäre?"

„Wir hätten mit dem Rest der Bande rechnen müssen, wenn wir nur einen oder sogar keinen von ihnen gekriegt hätten. Wir hätten Sie in dem Fall mit mehreren Leuten über einen längeren Zeitraum in ihrem Haus noch engmaschiger bewachen müssen. Sie wären dann sehr gefährdet gewesen. Die wirklichen terroristischen Gruppen, die bereits mehrere schwere Straftaten, besonders an Politikern, verübt haben, sind nämlich nicht dumm, und außerdem verfügen sie oft über ein Netzwerk, das nur schlecht zu fassen ist."

Nach einer kurzen bedrückten Pause fragte Fritz: „Sie wollen damit sagen, dass wir eigentlich viel ernster gefährdet waren, als wir ohnehin schon angenommen haben?"

Hensel nickte nur mit dem Kopf. „Aber das hat sich ja nun doch alles aufgeklärt und ins Normale gewendet. Kein Grund zur Sorge mehr", beendete er die aufkommende bedrückte Stimmung.

Alex fuhr noch am selben Tag erleichtert nach Hause. Am nächsten Tag traf der älteste Sohn mit Familie zu einem ohnehin geplanten Wochenendbesuch ein. Sie wollten natürlich auch alles über die vergangene aufregende Zeit wissen.

In den nächsten Tagen und Wochen normalisierte sich das Leben. Britta und Fritz lebten ihr normales Leben und gingen ihren Beschäftigungen nach. Manchmal noch dachte Britta an die aufregenden Zeiten zurück und hoffte, dass ihnen so etwas nie wieder passierte.

15. Das gerichtliche Nachspiel

Ein Jahr später erhielten Fritz und Britta eine Vorladung zum Landgericht Göttingen, bei dem der Fall Klens verhandelt wurde.

In der Zwischenzeit hatten sie nichts mehr von den weiteren polizeilichen Untersuchungen und Ermittlungen gehört. Einmal, einige Monate nach den aufregenden Tagen, hatten sie sich mit Hensel und seiner Frau getroffen. Da Britta beide kannte und Hensel ihnen inzwischen so vertraut geworden war, fanden alle Beteiligten, dass sie sich auch einmal wie normale Bekannte treffen und sich besser kennen lernen könnten. Es wurde ein netter Abend bei Wein und Knabberkeksen.

Für Britta war es das erste Mal, dass sie eine Gerichtsszene erlebte. Sie war beeindruckt. Wenn eine Verhandlung im Fernsehen gezeigt wurde, sah es ähnlich aus, aber wenn man das alles in Wirklichkeit anstatt aus einem bequemen Sessel beobachtete, war dies natürlich etwas ganz anderes. Weite Flure, breite Treppen, kaum ein Geräusch, Anwälte in schwarzen Talaren, die mit ihren Klienten sprachen oder eilig durch die Flure liefen, Leute, die wie sie auf Stühlen neben einer Tür saßen und darauf warteten, in den Gerichtsaal gerufen zu werden.

Fritz war gleich nach ihrer Ankunft von einem Gerichtsdiener in den Saal geführt worden. Er hatte Erfahrung im Procedere beim Gericht, weil er oft als Zeuge oder Sachverständiger hatte aussagen müssen, als er noch in seinem Beruf als Veterinär arbeitete.

„Um es gleich vorweg zu sagen", begann der Richter, „Die Fakten von der Erpressung mit Todesandrohung haben wir vom Angeklagten, der geständig ist, und den ermittelnden

Beamten bereits gehört. Es geht mir bei ihren Aussagen nicht so sehr um die Fakten, als vielmehr darum, wie Sie das erlebt haben. Wenn Sie uns bitte dazu etwas sagen können? "

„Ich war natürlich in großer Sorge und will auch nicht verschweigen, dass ich in manchen Situationen Angst hatte. Aber am meisten machte ich mir Sorge um meine Frau. Sie hatte ja bis dahin eine so extrem gefährliche Situation noch nicht erlebt. Sie hat sich sehr aufgeregt."

„Wie meinen Sie das?" unterbrach ihn der Richter", „wollen Sie damit sagen, dass Sie eine solche Situation, wie Sie sagen, selbst schon einmal erlebt haben?"

„Ja, es gab vor zwei Jahren eine telefonische Drohung. Mehrere Male wurde mir meine baldige Ermordung angekündigt."

„Wurde auch ein Grund genannt?"

„Ja, es hieß, euch Politiker werden wir alle erschießen, und du bist als einer der ersten dran."

„Hatte der Anrufer etwas Konkretes genannt?"

„Einmal hat er gesagt, ihr habt nicht das Wohl des Volkes im Sinn, sondern nur euer eigenes. Ich habe es als Drohung mit politischer Motivation aufgefasst."

„Und was haben Sie dagegen unternommen?"

„Ich muss zugeben, dass ich das nicht so ernst genommen habe, wie ich es eigentlich hätte tun sollen. Ich war kein Minister und als stellvertretender Fraktionsvorsitzender im Landtag auch keine herausragende politische Größe. Hinzu kam, dass die Drohung nicht so konkret war wie dieses Mal. Sie war allgemeiner gehalten. Ich setzte auch darauf, dass ich sehr viel unterwegs war und der Anrufer nicht wissen konnte, wo ich mich gerade befand."

„Das war sehr leichtsinnig von Ihnen, und außerdem helfen Sie den Fahndern, die solche Terroristengruppen vor der Ausübung ihrer Verbrechen fassen wollen, mit dieser Verhaltensweise nicht."

Schuldbewusst musste Fritz zugeben: „Sie haben recht."

„Und was sagte damals Ihre Frau dazu?"

„Ich habe es ihr nicht gesagt, weil ich schon wusste, dass sie sich sehr aufregen würde." Der Richter ließ an seiner Mimik erkennen, dass er diesen Sachverhalt ganz anders sah.

Schneller als sie erwartet hatte, wurde auch Britta aufgerufen. Sie wurde zu einem Stuhl mitten im Raum geführt und gebeten, sich zu setzen. Gern hätte sie den Angeklagten gesehen, kannte sie ihn doch als Schüler. Hatte er sich verändert? Wie sollte man sich ihn als Erpresser vorstellen? Wie würde er sich verhalten, wenn er seine ehemalige Lehrerin wiedersieht? Vielleicht würde er einen Sichtkontakt vermeiden, weil das alles ihm sehr peinlich war.

Indessen saß der ehemalige Schüler hinter ihr auf einer Bank neben einem Polizisten. Er hatte die Kapuze seines Sweatshirts über den Kopf gezogen. Sein Gesicht war nicht zu sehen. Fritz saß auf der Besucherbank.

„Erzählen Sie doch mal aus ihrer Sicht, wie Sie diese ganze Geschichte Ihrer Erpressung erlebt haben", wurde sie von dem Richter aufgefordert.

Wie, sollte sie jetzt vielleicht alles noch einmal alles erzählen? Sie wussten doch sicher alles schon, weil sie den Verlauf sicherlich mehrfach gehört hatten.

Der Richter bemerkte Brittas Stutzen und erklärte: „Wir möchten gerne wissen, wie Sie diese Bedrohung durch den Angeklagten erlebt haben."

Britta konnte wenig Verständnis für diese Aufforderung aufbringen, denn das konnte sich doch wohl jeder denken, dass man so etwas nicht einfach wegsteckte.

„Ja, natürlich haben wir uns aufgeregt, und natürlich hat das während der ganzen Zeit unser Leben stark beeinflusst.

Besonders als ich erfahren habe, dass die Polizei sogar mit einer möglichen Entführung rechnete und mich deshalb besonders schützen musste."

Und dann berichtete sie von den Fenstervorhängen, die sie jeden Abend zusammenstecken musste, damit die Zimmer von außen nicht einsehbar waren, von der Lampe an der Garage, die sie eingeschaltet ließen, um ihren Freunden anzuzeigen, dass kein Grund zur Sorge bestehe, von den verschlüsselten Telefongesprächen mit ihrer Schwester, von dem Misstrauen gegen Menschen aus ihrem Umfeld, und von den Ängsten in der Nacht, die sie allein im Haus verbringen musste, wenn Fritz nicht anwesend war.

Zum Schluss stellte der Richter ihr eine Frage, die sie verblüffte: „Wussten Sie, dass es schon einmal in ähnlicher Weise eine Tötungsdrohung gegen Ihren Mann gegeben hat?"

Britta war betroffen. Nein, das hatte sie nicht gewusst.

„Er hat uns eben von dem Ereignis berichtet, das aber ebenfalls ohne Konsequenzen geblieben ist. Er wollte ihnen die Aufregung ersparen." Darüber würde sie später mit Fritz sprechen müssen.

Nachdem Britta sich zu Fritz auf die Besucherbank gesetzt hatte, wurde der Angeklagte noch einmal aufgerufen. Wie ein Häufchen Elend saß er auf seinem Stuhl, wenn er befragt wurde. Er musste immer wieder aufgefordert werden, lauter zu sprechen. Kaum erkannte Britta in ihm den ehemaligen Schüler.

Dann verkündete der Richter: „Zur Urteilsverkündung erhalten Sie erneut eine Einladung. Die Sitzung ist geschlossen."

Wie Fritz und Britta später erfuhren, war die Lebensgefährtin von Klens der Grund für die Vertagung. Sie hatte in allen Verhören darauf bestanden, dass sie nichts von der

Erpressung gewusst habe, was man ihr aber nicht abgenommen hatte. Die Ermittlungsbeamten hatten in der Wohnung einige unübersehbare Spuren der Vorbereitung des Verbrechens gefunden. Es erschien wenig glaubhaft, da sie in der Wohnung wohnte und die Indizien so offensichtlich waren, dass sie sie hätte zur Kenntnis nehmen müssen.

Einige Wochen später fuhr Fritz zur Urteilsverkündung: zwei Jahre und neun Monate Gefängnis für Klens. Seine Lebensgefährtin wurde freigesprochen.